文庫書下ろし／長編時代小説

倅《せがれ》の了見

読売屋　天一郎㈢

辻堂　魁《かい》

KOBUNSHA

光 文 社

この作品は光文社文庫のために書下ろされました。

『読売屋　天一郎　倅の了見』目次

『読売屋 天一郎（三） 倅の了見』 主な登場人物

水月《みなづき》天一郎《てんいちろう》 —— 築地の読売「末成り屋」の主人。二十二歳の時に、村井家を出る。座頭の玄の市、御家人部屋住みの修斎、三流と出あい、読売屋を始める。

蕪城《かぶらぎ》和助《わすけ》 —— 「末成り屋」の売子。芝三才小路の御家人・蕪城家の四男。

錦《にしき》 修斎《しゅうさい》 —— 「末成り屋」の絵師。本名は中原修三郎。御徒町の御家人・中原家の三男。

鍬形《くわがた》三流《さんりゅう》 —— 「末成り屋」の彫師であり摺師。本名は本多広之進。本所の御家人・本多家の二男。

玄《げん》の市《いち》 —— 南小田原町に住む五十すぎの座頭。天一郎たちの後援者でもある。

壬生《みぶ》美鶴《みつる》 —— 姫路酒井家江戸家老・壬生左衛門之丞のひとり娘。剣の達人でもある。

島本《しまもと》 類《るい》 —— 姫路酒井家上屋敷勤番・島本文左衛門の孫娘。祖父の島本が壬生左衛門之丞の相談役で美鶴の養育掛のため、美鶴の監視役としてお供につけられた。

読売屋 天一郎（三）

倅の了見

序章　封印

一

その年の晩秋のころ、雪に閉ざされる季節も間近い山嶺の峠道を、深編笠《ふかあみがさ》の侍がひた向きに歩んでいた。

顔は深編笠に隠れて見えないが、侍は供も従えず、ただひとりだった。

背の高い痩身《そうしん》を黒繻子《くろじゆす》の厚手の羽織《はおり》、下に鳶色《とび》の袷《あわせ》、黒鞘《くろざや》の二刀を帯びた黒の細袴《ほそばかま》と手甲脚絆《てつこうきやはん》、足袋《たび》も黒ずくめに草鞋《わらじ》をつけ、肩に籐《とう》の行李《こうり》をふり分けた旅の扮装《いでたち》に拵《こしら》えていた。

山嶺は深々とした冷気に包まれ、峠を越える人影はほかになかった。

侍は街道の守護《しゆご》を祈願して峠に建てられた祠《ほこら》と鳥居《とりい》前に差しかかると、ゆきすぎるのをためらうかのように道端へ佇《たたず》んだ。そして、深編笠をわずかに持ち上げ、鳥居奥の弥彦《やひこ》、赤城《あかぎ》、諏訪《すわ》の神々を祭った三国権現《みくにごんげん》の祠をしばらく見守った。

深編笠の下に、幾分日に焼けて眼光の鋭い相貌《かお》が見えた。三重にも四重にも皺《しわ》を刻んだ瞼《まぶた》の下に、頬《ほお》がこけ、高く長い鷲鼻《わしばな》の下に結んだ唇が、頑固で一徹に見える一文字を引いていた。

しかし侍は、祠へ一礼も投げなかった。雲のたなびく高い青空を見上げ、やおら一文字に結んだ唇をほどいた。

「今さら、神仏にすがるか……」

骨張った指先で、やわらかな銀色に染まったほつれ毛を耳の後ろへかき上げた。

侍は老いていた。

六十を超えたのは三年前だった。

侍は背後の越後《えちご》の山々へ眼差《まなざ》しをかえした。

長い間、忘れていた。およそ三十年がすぎた。あのときすべてを封印《ふういん》して越えた峠道に再び立ち、今、あのときの封印を解こうとしていた。再び、この峠道をこえて郷里へ戻るときは、残されていまい。

「もう、もたぬ」

そう呟《つぶや》いたとき、年甲斐《としがい》もなく激しい感傷《かんしょう》に胸を締めつけられた。

身を翻《ひるがえ》し、峠道が下ってゆく前方の上州《じょうしゅう》の山々や、大空の下にはるばると広がる関東の野を眺めやった。はるか彼方の地平で、空と野が霞《かす》んでいた。

道は三国街道を、三国山嶺北麓《ほくれい》は浅貝《あさかい》の宿《しゅく》から三国峠を越え、南麓《なんれい》の永井《ながい》宿へ下り、上州路から中山道《なかせんどう》、荒川《あらかわ》を渡って板橋《いたばし》宿をすぎ江戸へ続いている。

侍は深編笠を目深《まぶか》に下げ、その秋の日、長いときの封印を解いて三国峠を越えたのだった。


十日近くがすぎ、江戸に安永《あんえい》三年の冬がきた。

深川中島町《ふかがわなかじまちょう》は浜通りから築出新地《つきだししんち》へ渡す新地橋が、大島川《おおじまがわ》に架《か》かっている。長さ十九間《けん》に幅七尺《しゃく》のその新地橋を、初冬の午後、深編笠に黒繻子の羽織と黒の細袴の侍が、一見のどかな足どりで渡っていた。

侍は十日ばかり前、三国峠を越えたあの老侍だった。

その午後は、峠を越えた折りの手甲脚絆に振り分け荷物の旅拵《ごしら》えではなく、黒足袋の足下も麻裏つきの草履《ぞうり》だった。

侍はのどかな歩みを運びつつ、折りしも新地橋を川船がゆるやかにくぐってゆく川面《かわも》へ眼差しを遊ばせ、川筋に家並のつらなる風情《ふぜい》を懐かしんだ。侍が渡ってゆく橋詰には枝垂《しだ》れ柳《やなぎ》が枝を垂らし、木組みの板塀《いたべい》が、東西が約百二十間から九十三間、南北が三十二間から二十八間の新地を囲っていた。柳は三十年前のままに見えたが、板塀は新しく組み直され、板門わきの柄《がら》の悪そうな若い衆らが屯《たむろ》していた番屋《ばんや》も、昔とは違った小屋に思われた。

あそこにあった番屋で、新地の若い衆らと夜更けまで賽子博奕《さいころばくち》に耽《ふけ》った日々が思い出された。三十代の半ばにも達していなかったあのころ、侍は酒と女郎《じょろう》の脂粉《しふん》の香と博奕にまみれた享楽《きょうらく》の日々を送ったのだった。

新地橋を渡り、板門が両開きになった大新地《だいしんち》と呼ばれる新町へ踏み入った。往来の両側は、一階に朱の格子《こうし》の張見世《はりみせ》、二階には出窓にそれも朱の勾欄《こうらん》を廻《めぐ》らせた色茶屋が軒《のき》をつらねていた。三十年前と同じ見世の名を見つけ、

(あの見世はまだ続いていたのか。おお、あの見世も。あそこの亭主は、女は……)

と、侍はこみ上げる懐かしさに深編笠の下で何度も溜息をついた。

朱の勾欄に若い女が肘《ひじ》をついて、往来を気《け》だるげに見下ろしていた。呼び出しの芸者が筥屋《はこや》をともない茶屋の暖簾《のれん》をくぐり、両天秤の行商が見え、どこかで三味線と太鼓が囃《はや》し、女の嬌声《きょうせい》が聞こえた。

昼すぎの刻限、夜ほどの騒がしさではないものの、往来に嫖客《ひようかく》が賑《にぎ》わい、歓楽の新地に侍の無粋《ぶすい》な姿が目立つことはなかった。

大新地から伏玉《ふせだま》の小新地《こしんち》へいく往来で、茶屋の客引きに「そこの深編笠のお侍さん、お目あては……」と、何度か声をかけられた。

しかし、深編笠の中の侍をのぞきこんだ客引きは、黒繻子の羽織を着ているが、こりゃあ老いぼれの貧乏侍だと、すぐに諦《あきら》めて引っこんでゆく。

やがて侍は、往来の角を二つ曲がれば小新地というあたりまできた。

一軒の店の表で着流しに紺看板の若い衆が二人、立ち話をしていた。

若い衆らの看板の背中に、白く抜いた《洲》の字が読めた。二人が立ち話をする店の障子戸が両開きに開いており、その障子戸にも《洲本屋》と記されている。

侍は深編笠をとった。一文字の髷《まげ》に結《ゆ》った総髪《そうはつ》が、降りそそぐ日差しに銀色に輝いて、薄くなった総髪は、地肌が透けていた。

侍はほつれ髪を、照れ臭げに耳の後ろへかき上げた。若い衆に近づくと、

「兄さん方、少々ものを訊ねたい」

と、張りを失ってはいない低い声をかけた。

うん？　若い衆は無愛想《ぶあいそ》な険しい目を侍へ流した。

「こちらの洲本屋さんに、重吉《じゅうきち》という男がいると聞いたのだが、ご存じか」

若い衆のひとりが鼻先で笑い、もうひとりは眉をしかめて舌打ちした。

鼻先で笑った若い衆が、ぞんざいな口調で侍に言いかえした。

「じいさん、言葉に気をつけろ。気安く呼び捨てにするんじゃねえ。重吉親分は新地を差配《さはい》なさっている店頭《たながしら》だ。じいさん、どこの誰でえ」

「おお、重吉は新地の店頭を務める親分なのか。それは失礼した。この通り、田舎《いなか》者《もの》の老いぼれだ。許していただきたい。わしは越後高田《たかだ》領の竹川肇《たけかわはじめ》と申す。ずいぶん昔にお役を退いて今は隠居の身だ。子細《しさい》があって出府《しゅっぷ》いたした。重吉親分とは古い馴染《なじ》みでな。おそらく、兄さん方が赤ん坊かまだ生まれる前からの古い……」

「馴染みたっていろいろあらあ。どういう馴染みでえ」

「親分とわしも若くて元気だったころだ。わしらはつるんで、このあたりを遊び廻《まわ》っていた、まあ悪《わる》仲間だ。わかるだろう」

「じいさん、その昔は勤番侍《きんばんざむらい》だったのかい」

「そうだ。遊びがすぎてお役目を解かれ、詰腹《つめばら》を申しつけられるところだった。重吉親分にとり次いでくれ。竹川、という越後の男がきたと言えばわかる」

竹川肇が、長いときの彼方を懐かしむように微笑《ほほえ》んだ。

若い衆は顔を見合わせ、「そういうことなら……」と、ひとりが店の中へ消え、もうひとりは幾分態度を改め、「お入りくだせえ」と、竹川を前土間に導き入れた。

店は前土間から上がり口の板敷があり、一段高くなった店の間は腰障子《こししょうじ》で閉じられていた。若い衆が、

「少々お待ちを」

と言い残し、土間伝いに半暖簾の下がった奥へ消えると、竹川は大刀をはずして上がり框《かまち》に腰を下ろした。

腰高の障子戸が両開きになった店の前の往来に、午後の日が降っていた。

嫖客が絶えず行き交い、嫖客の間を薪《まき》を積んだ荷車がかしましい音をたて、角樽《つのだる》と仕出しの桶を担いだ出前持ちが通りすぎた。

竹川はその様を、飽かずに眺めた。

やがて、とんとん……と店の間に足音がし、竹川の背中で腰障子が開かれた。

「あんたかい」

ふり向きながら立ち上がった竹川に、五十を三つ四つ過ぎたかに見える恰幅《かっぷく》のいい男がしわがれた声を無愛想に投げつけた。

頬がたるみ、しみが目の周りやこめかみに浮いて、唇をへの字に結んでいるけれど、尖《とが》った目つきに若い地廻《じまわ》りだったころの面影が残っていた。

「おお、重吉。懐かしい。一家をかまえて、親分になったのだな。貫禄《かんろく》がついたではないか。大したものだ。わしだ、竹川だ。越後高田領榊原《さかきばら》家の竹川肇だ。ほら、旗本《はたもと》のあの男と……」

竹川が言いかけた途端、洲本屋の重吉は閃《ひらめ》いたらしかった。竹川を指差し、

「ああ、た、竹川さん。竹川さんじゃねえか」

と、驚きの声を張り上げた。

二

大島川の川筋は、東へさかのぼって二十間川《にじっけんがわ》と呼ばれた。蓬莱橋《ほうらいばし》をすぎて木場《きば》の平野橋《ひらのばし》あたりは平野川になり、川幅も十間ほどと狭く、弁《べん》才天吉祥寺《ざいてんきつしょうじ》のある弁天橋《べんてんばし》へと続いている。

永代寺《えいたいじ》富岡八幡《とみがおかはちまん》の鳥居から東へ八町《ちょう》、弁才天吉祥寺の門前までの一円は江戸の景勝地《けいしょうち》として知られた洲崎《すさき》である。

弁才天吉祥寺の参詣客《さんけいきやく》が平野川の南に沿う洲崎の堤道をゆき、参詣客目あてに酒食を商う葭簀《よしず》張りの出茶屋や料理茶屋などの町家《まちや》が、門前にできていた。

その町家の賑わいから西はずれの平野川に、一艘《そう》の茶船《ちやぶね》が河原の猫柳《ねこやなぎ》の灌木《かんぼく》に繋《つな》がれていた。

猫柳の灌木の傍らより茶船の艫《とも》へ渡し板が架かっていて、船は表船梁《おもてふなばり》と艫《とも》船梁の間が、竹組みで支えて竹皮を網代《あじろ》に編んだ掩蓋《えんがい》に覆われていた。

夕刻の茜《あかね》色の空から、対岸の北堤に甍《いらか》を並べた木場の土蔵や南側の洲崎堤につらなる赤松《あかまつ》林へ夕日が降りそそいでいた。

夕刻になって吹き出した北風が、洲崎の赤松林を物寂しげに鳴らし、南の海の向こう、羽田《はねだ》の空には鳥影が渡っていた。

折りしも艫の板子《いたご》で、女が七輪《しちりん》を破れ団扇《うちわ》であおぎ、土鍋《どなべ》の粥《かゆ》を暖めていた。

女は半襦袢《はんじゆばん》と湯文字《ゆもじ》の上に赤紫の単《ひとえ》、その上から紺地に草色の縞《しま》の綿入《わたいれ》を着こんで、寒さをしのいでいた。綿入は袖口《そでぐち》が綻《ほころ》び、白い綿が見えていた。夏から着たきりなのか、綿入の下の単は前襟《まええり》の汚れが目立った。

五十を超えた年ごろに見えた。ろくに手入れもしていないほつれた島田《しまだ》には白髪《しらが》がまじっていた。濃い白粉《おしろい》が、女の衰えた肌を斑《まだら》になって隠している。

竹川肇は洲崎の堤上に佇み、艫の女を見下ろしていた。

女は竹川に気づかず、怠《だる》そうに七輪をあおいでいた。

土鍋から白い湯気がたっていた。女が蓋《ふた》をとって、木の杓文字《しやもじ》で味見をすると、香ばしい匂いが堤上の竹川にもかすかに嗅《か》げた。

「美味《うま》そうだな」

竹川が蓋を戻した女に、張りのある声をかけた。

女は夕日の下の洲崎堤に佇む深編笠の竹川を眩《まぶ》しそうに見上げた。黄昏《たそがれ》の川筋と堤道から二人はしばらく見つめ合った。

「お客さんかい。なら三十二文《もん》だよ」

やがて女が竹川にかえした。二人はしばらく動かなかった。

「三十二文か。よかろう。その飯は食えるのか」

「朝の残り物だよ。こんな物でよけりゃあ、いいよ、食っていきな」

女はなぜか訝《いぶか》しげに竹川を見上げたなり、ぱた、ぱた、と団扇をゆらしている。

「美味そうな匂いに久しぶりに空腹を覚えた。ありがたい。飯代は別に払う」

竹川は蘆荻《ろてき》や灌木に覆われた土手を数歩くだって、堤の途中の猫柳の灌木のわきより渡し板を踏んで艫へ下りた。

その間に女は、掩蓋の入り口に寒さよけに下げた筵莫蓙《むしろござ》を屋根へ払い上げ、土鍋と七輪を掩蓋の中へ運び入れた。そして、艫へ下りた竹川へ顔だけを向け、

「お客さん、入って筵を下ろしておくれ。隙間だらけだけど、こんな物でも少しは寒さがしのげるからね」

と、鉄漿《おはぐろ》の歯を見せて笑った。

竹川は深編笠と腰の差料《さしりょう》をとり、痩身を折って掩蓋の中へ踏み入った。

板子に敷いた筵莫蓙を踏むと、船が小さくゆれた。

「背が高いからね。頭をぶつけないように気をつけな。お客さんこれを敷くかい」

女は藁《わら》で編んだ円座《えんざ》を竹川に差し出し、自分はひと組の薄っぺらな布団に片膝立ちに坐った。

「飯にするかい。それとも先にすますかい」

と、また鍋の蓋をとって湯気をくゆらす粥を杓文字でかき混ぜた。

竹川は円座に端座《たんざ》して、深編笠と差料を船縁《ふなべり》に並べて置いた。それから傍らの炭火の熾《おこ》る七輪へ手をかざし、「そうだな……」と答えた。

「ふん、その坐り方はさすがにお侍だね。お侍のお客は久しぶりだよ」

女は蓋を戻し、竹川の端座した仕種《しぐさ》を見つめて言った。

掩蓋の中は薄暗かった。筵の隙間から夕焼けのほの明かりが差し、七輪に熾《おこ》る炭火が、二人の顔を薄ぼんやりと浮かび上がらせているばかりだった。

竹川は寛《くつろ》いだ笑みを女に投げ、女は竹川へ小首をかしげ、互いの顔を見分けようとするかのように、なおも見つめ合った。

あっしはどっちでも——言いかけた女の声が小さくなった。

「お侍さん、前にきたことがあるかい」

「ここへきたのは初めてだ。だが、おまえは知っている」

女は手にしていた杓文字を土鍋の蓋へ、からん、と落とした。

竹川を見つめたまま、呆然《ぼうぜん》となった。

やがて唇がぶるぶると震え、大きく見開いた目には七輪の炭火が燃え始めた。

突然、女は四つん這《ば》いになって竹川へ斑な白粉の顔を近寄せた。

二寸もない間近まで顔を寄せ、頰のこけた竹川の顔を見廻した。

竹川は白粉の中に芳《かぐわ》しく懐かしい女の匂いを嗅いだ気がした。女の身なりは汚れていたけれど、昔と変わらぬ女の匂いがした。

「た、竹ちゃん？」

薄暗い中に女が震え声を絞り出した。

「久しぶりだな。お登紀《とき》」

竹川のやわらかい息が、お登紀の白い顔を撫《な》でた。

お登紀は、目に涙を一杯に溜め、それから滂沱《ぼうだ》と溢《あふ》れさせた。

「竹ちゃんっ」

身を躍《おど》らせて竹川の首筋へしがみつき、竹川の名を繰りかえした。力一杯に締めつけ、ゆさぶり、涙声になってなお竹川の名を呼び続けた。

竹川は黙って、お登紀の痩せた身体に両腕を廻した。そうして、綿入の背中を優しくさすった。

「会いにきてくれたんだね。あっしに会いにきてくれたんだね」

「そうだ。会いたかったぞ、お登紀」

「竹川ちゃん、昔みたいにあっしを抱いて。いっぱい抱いておくれ。ただでいいからさ」

お登紀はそんなことしか言えず、竹川を笑わせた。

「そのためにきた。おまえを忘れたことはない。だからわしは妻を娶《めと》らなかった」

お登紀は竹川の唇を貪《むさぼ》り吸った。竹川を押し倒し上に重なって、震える指で帯を解いた。竹川がお登紀の垂れた乳房や痩せ衰えた身体に触れ、

「お登紀、昔と変わらぬな。いい身体をしておる」

と、苦しげな吐息と一緒に言った。

お登紀は竹川の袴を解き、下腹に手を差し入れた。

「竹ちゃんも、若いときみたいに元気だよ。若いときとちっとも変わらない。ああ、気持ちがいい」

二人は束の間ももどかしげに抱き合い、互いを貪《むさぼ》り合った。

河原の蘆荻にお登紀の欷声《なきごえ》が儚《はかな》げに流れ、船縁《ふなべり》が小刻みに川面をゆらした。

弁才天吉祥寺門前の料理茶屋の戻り客らが、夕暮れの堤道で平野川に浮かぶ粗末な船影から聞こえてくる女のか細い欷声に気づき、あれはここら辺に出る老夜鷹《よたか》の欷声だぜ、物好きがいるね、と笑いながら通りすぎた。

かまわぬ。笑いたいやつには笑わせておけ。三十年前のときが甦《よみがえ》り、そうして三十年のときがすぎ去ったことを忘れた。それで全部なのだ。

竹川は思い、やがて洲崎に夜の帳《とばり》が下りた。

赤松林が宵《よい》になって吹き始めた北風に騒ぎ、木場町の方から犬の鳴き声が聞こえている。船縁を波が眠たげに叩いていた。

掩蓋の中は、七輪の炭火の小さな明かり以外は暗闇に包まれていた。

お登紀は竹川の胸にすがって離れなかった。

「閑《かん》ちゃんが亡くなり、竹ちゃんがお国へ帰ってしまってから、何もかもが変わっちまったんだよ」

お登紀はしみじみと言った。

「気が抜けちゃったのかな。なんだかつまらなくなってね。そうしたら、お金のことやら奉公先のことやら、いろいろもめ事が続いたのさ。三年くらいがたって一度三田《みた》の田舎の小商人《こあきんど》に落籍《ひか》されて女房に納まったんだ。でも、ひどく吝《しわ》い人で続かなかった。結局また新地へ戻って働き始めたけど、前みたいには稼げなかった」

そうして、竹川の肉の削《そ》げた胸からあばらを撫でさすった。

「竹ちゃん、ずいぶん痩せたね。具合が悪いの」

「具合が悪ければ、江戸に出てくるものか。それからどうなった。続けてくれ」

お登紀は頷《うなず》いた。

「……新地の奉公先から、深川の三角《さんかく》屋敷に一年、裾継《すそつぎ》に三年、どこそこに半年と、岡場所を幾つか転々として、新橋《しんばし》の女郎屋でも稼いだことがあるよ。最後は本所回向院《ほんじょえこういん》の門前町だった。それから、深川の裏櫓《うらやぐら》の女郎屋で遣り手《やりて》に雇われてさ。それもまた転々として、三十三間堂《さんじゅうさんげんどう》の遣り手《やりて》を始めたときは、もう四十代の半ばに届いていた。あっという間にときがすぎちまってさ」

「この船で暮らし始めたのは、どうしてだ」

「今の竹ちゃんよりずっと年上の入船町《いりふねちょう》の男が、船主だった。船渡しや荷運びの稼ぎで暮らしている男でさ。小金ができると三十三間堂へ女郎を買いにきた。いい子を世話したら、ありがたがられてね。ある日、男から所帯を持たねえかと言われてさ。このまま遣り手が続けられるわけじゃなし。大して稼ぎのない貧乏暮らしだったけど、末はいき場がなくなって野垂れ死にするよりはましかなって思ってね」

「じいさんと、所帯を持ったのか」

「そうさ。入船町の裏店《うらだな》で、五年、所帯を持った。でもね、最後の二年は寝たきりになった男の看病ばかりの暮らしだった。所帯を持つ前の、あっしに残してくれる約束だったわずかな蓄えも、最後の二年の間に使い果たして、男が残してくれたのはこの船だけさ」

お登紀は考え事をした。

「いっそ、女船頭になって稼ごうかと思ったけど、船渡しをするにも口利き役がどうのこうのとむつかしい談合があってね。あっしなんか相手にされなかった。この船を始末して、と思っているうちに住まいの裏店の店賃《たなちん》さえ払えなくなり、とうとう船で寝泊まりする物乞《ものご》いに憐《あわ》れまれる暮らしに、落ちぶれ果ててしまった」

お登紀は弁才天吉祥寺の参詣を口実に物見遊山《ものみゆさん》にきた中の、稀《まれ》にいる物好きな客を相手に情を売り、かろうじて露命《ろめい》をつないできたのだった。

「苦労をしたのだな。わしがいればな」

竹川はお登紀の背中を、襦袢の上から撫でてやった。

「いいのさ。竹ちゃんとこうして会えたんだもの。苦労はしたけど、神さまはちゃんと幸せを用意してくれていたんだからさ」

暗くなって川筋は冷えこみ、二人は薄い布団の中でいっそう身体を寄せ合った。

「お登紀、そろそろ帰る」

竹川が痩せた上体を起こした。お登紀は竹川になおも縋《すが》り、

「ええ？　竹ちゃん、泊まっていっておくれよ。まだ、お粥も食っていないじゃないか。お酒だってあるし。今夜は呑み明かそうよ」

と、まるで若い男と女の逢い引きのように離れがたい風情だった。

「お登紀と三十年ぶりに、腹が空いているのを忘れるほど楽しませてもらった。世話になった。昔を思い出して、元気になった。これで十分だ」

竹川はお登紀の灯《とも》したしみで汚れた行灯《あんどん》の薄明かりを頼りに、身なりを整えた。

お登紀は、そうかい……としょげている。

「お登紀、しょげるな。やらねばならぬ用があるのだ。わしはその用を果たすために江戸にきた。おまえにこうして会いにきたのも、やらねばならぬ用のひとつだったのだぞ」

竹川はお登紀へ微笑みを投げた。

「宿は馬喰町《ばくろちょう》の丹後屋《たんごや》という旅人宿《たびびとやど》だ。暇を見つけて、またくる。すぐに会える」

「馬喰町の丹後屋……竹ちゃん、江戸でどんな用があるの。何をする気なの？」

それでもお登紀は、黒繻子の羽織を肩へ羽織る竹川を手伝いながら訊《き》いた。

「そうだ、お登紀。水月閑蔵《みなづきかんぞう》の倅《せがれ》の噂を聞いた覚えはないか。御先手組旗本《おさきてぐみはたもと》の生まれが、旗本の家を捨てて読売《よみうり》屋になったらしい。名は確か、天一郎《てんいちろう》だった。侍の身分など所詮《しょせん》かりそめだが、父親を失ったために生きる道が変わったのだとすれば、わが友の倅の境遇が哀れでならぬ」

「閑ちゃんの倅が読売屋にかい？　知らなかったねえ。閑ちゃんの倅の天一郎に会うつもりなのかい」

「友の倅がどんな男になったのか、見たい。父親がどんな男だったか、話してやりたいのだ。倅はもう三十をすぎている。あのころのわれらと同じ年ごろだ」

「閑ちゃんの倅なら、きっといい男だろうね。閑ちゃんも竹ちゃんもいい男で、二人が肩を並べて新地の往来を颯爽《さっそう》とゆけば、茶屋の二階の窓から女郎や芸者らが、水月さん、竹川さん、と声をかけたもんだった」

お登紀は竹川の老いてもすっとのびた背中に、頬をすり寄せた。

「お登紀、金を払う」

「いいよ。お金なんていらない。必ずまたきておくれ。お願いね」

そうはいかん。さあ――と、竹川はお登紀へ向きなおり、唐桟《とうざん》の財布を出した。

財布の中から金貨と銀貨をつかみ出し、お登紀の膝の前へ音をたてておいた。

炭火の薄明かりでも、小判や一分《ぶ》金貨の光沢、二朱《しゅ》銀の鈍いきらめきが見え、それも一枚や二枚ではなかった。

お登紀は身動きできず、唖然《あぜん》とした。

「竹ちゃん、あんた、何したの。もしかして、竹ちゃん、国を追われて江戸へ逃げてきたのかい」

「そうではない。金はあるのだ。怪しい金ではないぞ。お登紀、これで好きな物を食い、身綺麗《みぎれい》にして、船の暮らしをやめ、どこかの裏店に住み替えてもいいのではないか。むろん、これから先の暮らしもたつようにわしが計らう」

「そ、そんな。竹ちゃん、どうしたの？」

お登紀が言ったとき、土手を下りてくる数人の気配がした。

草履が土を蹴りたて、土手の蘆荻がざわざわと騒いだ。

渡し板を鳴らし、男が二人ばかり艫に下りてきた。船が無粋《ぶすい》にゆれ、男らが提《さ》げた提灯《ちょうちん》の明かりが筵莫蓙の隙間から掩蓋の中へ差した。

「ばばあ、いるけえ」

険しい男の声が掩蓋の外からかかった。

竹川は「いいように使え」とささやいて、お登紀の膝に金貨や銀貨を乗せると、小刀を腰に差し大刀を摑んだ。

筵莫蓙が払い上げられ、二つの提灯が竹川とお登紀を照らした。

「なんでえ、ばばあに老いぼれの客かい。気色《きしょく》の悪い」

提灯をかざしたひとりが嘲《あざけ》った。土手にも数人の男がいる気配である。

「とりこみ中だ。無粋なふる舞いをするな」

竹川が片膝立ちになった。

「何がとりこみ中だ。老いぼれ、おめえ侍かい。貧乏臭《くせ》え。今夜のところは勘弁してやるから、とっとと失《う》せろ。こっちの小汚ねえばばあに用があるんだ」

「あっしはおまえたちに用なんかないよ。それとも客になりたいのかい。客になりたきゃあ三十二文だ。前払いだよ」

お登紀が竹川の後ろから負けずに言った。

「うるせえばばあ。洲崎で商売するなら元締《もとじめ》の辰《たつ》よし親分に挨拶しやがれ。何度も言ってるだろう。元締の許しがなきゃあ、洲崎じゃ商売できねえんだ。呑みこみの悪いばばあだぜ。惚《とぼ》けやがって」

「冗談じゃないよ。辰よしなんて名前は知らないね。あっしは生まれも育ちも深川さ。辰よしなんて、小岩《こいわ》あたりの小百姓が田んぼをとられ洲崎あたりまで流れてきただけじゃないか。勝手に親分風吹かして、洲崎の表店《おもてだな》にたかっているだけのけちなちんぴらが、何が元締だい」

お登紀の啖呵《たんか》は威勢がよかった。

「くそばばあ、痛い目をみねえとわからねえようだな」

男が掩蓋の中に一歩を踏みこんだ途端、竹川が「土足で上がるな」と、鞘《さや》のままの大刀で踏みこんだ脛《すね》をしたたかに払った。

「あたたっ」

男は提灯を落として膝を抱え、艫へ仰むけになった。提灯が川面へ落ち、たちまち灯が消えた。

「じじいっ」

もうひとりが飛びかかろうとした腹へ、すかさず鐺《こじり》を突き入れる。

ぶふっ。

と、ひと息吐いて腹を押さえて櫓床《ろどこ》の方へ後退《あとじさ》ってゆくのに合わせ、竹川はゆらりと掩蓋からくぐり出た。

艫の二人のほかに、渡し板にひとり、土手の蘆荻の間に三人の男らがいた。三人のうちの二人が提灯をかざして竹川を照らした。

渡し板の男が懐から匕首《あいくち》を引き抜いた。

腹を突かれた男も顔をしかめながら、それも匕首を抜いて身構えた。

獰猛《どうもう》な牙が提灯の明かりを、きら、と撥《は》ねかえした。

身がまえるや否《いな》や、男は「喰らえっ」と竹川へ提灯を投げつける。

竹川は掌《てのひら》でやすやすと提灯を払った。

払った提灯が火の粉を散らして渡し板の男の顔へ飛んだ。

「やっ」

渡し板の男が顔をそむけた途端、匕首を握った小手へ大刀の鞘ごと打ちこんだ。

男は匕首を、からん、と落とし、腕を抱えてよろめいた。そのため、橋板を踏みはずして船縁の水草の中へ転がり落ちた。

即座に翻った竹川は、匕首を腰に溜めて突っこんでくる艫の男の顔面へ、今度は下段から上段へ振り上げた。

打ち抜かれた男が叫んだ。

顎《あご》が上がり、顔が歪《ゆが》み、四肢《しし》と匕首が宙へ飛んだ。それから男は、枯れ木が折れるみたいに川面へ転落していった。

そこへ、艫に仰のけになった男が躍り上がったところをひと蹴りに蹴り飛ばし、今ひとりが匕首をかざして土手から渡し板を突進してくるのを、鞘ごとの痛打をこめかみへ浴びせるまで、まさに束の間の連続技だった。

蹴り飛ばされた男は猫柳の灌木へ突っこみ、悲鳴を上げて灌木をへし折った。

こめかみに浴びた男は、うめきながら身体を折り、先に落ちた男の上へ重なり落ちていった。

四人がたちまち蹴散らされた。

残りの二人は、もう渡し板を渡ってこなかった。

匕首は抜いたが、互いに顔を見合わせたためらっていた。

竹川は二人へ大刀を突きつけた。

「おまえたちは築出新地の重吉親分を知っているか」

二人のかざした提灯が怖気《おじけ》づいてゆれた。

「わしは重吉親分に教えられてここへきたのだ。この女は重吉親分が承知したうえで商売をしている。辰よしという元締は、重吉親分が承知した女にも挨拶をしにこいというのか」

「ああ、築出新地の重吉親分がご承知で。ならあっしら、何も言うこっちゃあ、ありやせん。あっしら、辰よし親分に命じられただけで、仕方なく。なあ……」

「まったくで。重吉親分がご承知なら、も、もうけっこうでやす」

「よかろう。仲間を連れて帰れ。二度とくるな。次は真剣を見舞うぞ」

お登紀が竹川の深編笠を持って、掩蓋から出てきた。

「竹ちゃん、強いねえ。腕も鈍《にぶ》っていない。まだまだ若いねえ」

男らは、川に落ちて震えている仲間を引き上げた。

ひとりが負ぶわれ、もうひとりは肩にすがり、あとの二人の足どりは重たげに土手を上っていった。竹川はそれを見届けてから、

「お登紀、またくる」

と、深編笠をとった。

お登紀はいかせまいとするかのように、竹川の膝に縋《すが》った。

「うん。必ず、必ずきておくれよ。待っているからね」

そう言って見上げた竹川の、ほつれた銀髪を冷たい夜風にそよがせ佇む痩身は、お登紀には銀色に輝く神さまのように見えた。

第一章　師走

一

二カ月がたち、師走《しわす》になった。

築地川《つきじがわ》に架かる萬年橋《まんねんばし》の西詰から南へ折れた川沿いの土手道端に、掛小屋の煮売《にうり》屋、縄暖簾、長屋女郎がたむろする切見世《きりみせ》、大道芸人《だいどう》らのあばら家が、粗末な板屋根や筵屋根を並べている。

周辺一帯は、松平采女正定基《まつだいらうねめのしょうさだもと》の屋敷が享保《きょうほう》のころ替地《かえち》になってできた采女《うねめ》ケ原《が》原《はら》という原野の東はずれにあたり、興行地木挽町広小路《こびきちょうひろこうじ》の大道芸人らが築地川沿いにあばら家を勝手に作ってねぐらにしたのが、掛小屋の建ち並ぶ始まりだった。

対岸には武家屋敷の土塀がつらなっている。

町家《まちや》ではないから、むろん、町役人《ちょうやくにん》などはいない。

采女ヶ原には馬場ができていて、貸馬師らの馬が数多くつながれている。

その築地川沿いの掛小屋の中に、一棟の土蔵が掛小屋の板屋根を見下ろすように高々と瓦《かわら》屋根を突き出していた。

《末成《うらな》り屋》が、この土蔵を借りて読売を作り、置手拭《おきてぬぐい》に字突《じつ》きひとつの売子《うりこ》が売り始めたのは八年前だった。

「読売は一本箸《ばし》で飯を食い」

と、読売屋は世間からいい加減でいかがわしい稼業と侮《あなど》られている。

三段の石段を上った《末成り屋》の土蔵の戸前から、金網で補強した格子窓つきの樫《かし》の重たい引戸を開けると、小広い前土間と式台《しきだい》ほどの段差の板張りの床が上がっている。

床を上がった正面表戸に向いて、二階へ上がる階段があり、階段は商家《しょうか》の売物をしまう土蔵だったため、商品の上げ下ろしに都合がいいように大人が楽にすれ違える幅のある普請《ふしん》になっていた。

階段の裏側に廻ると、一階の板床の半分以上を売れ残りの読売や買いおきの駿河《するが》半紙《はんし》、鼠《ねずみ》半紙の山が積み上げられ、独特の紙の臭いが嗅げる。

売れ残った読売の中には地本問屋《じほんどんや》の店頭に並ぶものもあれば、浅草《あさくさ》の古紙買いとり屋にひとまとめにして売り払い、浅草紙に漉《す》きなおされるものもある。

銀座《ぎんざ》屋敷ができて以来、銀座町とも呼ばれている新両替町《しんりようがえちよう》の地本問屋の手代《てだい》が、「面白い種《たね》はありませんか」と、売物になる読売を物色《ぶつしよく》にくることがあるし、読売屋が問屋廻りをして売りこむ場合もあった。

階段を上がって天井の切落口《きりおとしぐち》をくぐる二階も、すべて板床になっている。

東側の築地川、西側の采女ヶ原の方角に両開きの窓が開けられ、天井はなく、薄暗い屋根裏に渡した分厚い梁《はり》が見上げられた。

二階は絵師や彫師《ほりし》、摺師《すりし》、通いの職人らが、読売の風説《ふうせつ》、唄や節、戯文《ぎぶん》に添える下絵《したえ》、表題や引き文句などを配置した板下《はんした》を拵え、板木《はんぎ》を彫り、半紙に摺って読売を仕上げる作業場である。

二階の一隅《いちぐう》にも、摺り用の駿河半紙や鼠半紙、資料本、削りなおして使う古い板木と新しい板木、下書きの夥《おびただ》しい絵などが積み上げられている。

壁には数年前に亡くなった美人画の奇才・鈴木晴信《すずきはるのぶ》や近ごろ名の知られ始めた絵師・鳥居清長《とりいきよなが》らの連作物、一枚物の錦絵《にしきえ》が張り廻してあった。

一階の南側の壁際に莫蓙を敷いて、黒柿《かき》の文机《ふづくえ》が二つ並んでいた。

ひとつの文机の周りは、山積みの書物や双紙《そうし》が乱雑に壁をふさぎ、よその読売屋の瓦版《かわらばん》が散らばり、机の上には書きかけの半紙に文鎮《ぶんちん》、筆に硯《すずり》が投げ捨てたように置いてある。

机の前には、これは新しく買ったばかりの藺《い》の円座《えんざ》が見える。

もうひとつの黒柿の文机は、同じ藺で編んだ円座に硯箱に半紙、傍らには書物や双紙が整然と積んであって、こちらは整理整頓がいき届いていた。

一階の西側奥に竈《かまど》と流し場のある土間があって、竹格子の小さな明かりとりにたてた障子と勝手口の腰高障子には、昼をだいぶ廻った西日《にしび》が白々と差していた。

一階の窓は、ほかには東側の築地川に向いた表引戸の格子窓だけである。

その師走のある日の午後、一階壁際に並んだ黒柿の文机の傍らに、男二人女二人が南部鉄《なんぶてつ》の火鉢を囲んで車座《くるまざ》になっていた。

火鉢には炭火が熾って、五徳《ごとく》にかけた黒い南部鉄瓶が湯気をゆらめかせている。

そばに色とりどりの金平糖《こんぺいとう》の菓子折りがあり、四人は茶請《ちゃう》けの金平糖を、ぽりぽり、とかじりながら盛んに論議を交わしている。

女二人といっても、ひとりはつんと鼻先の尖った十二、三の年のころ。まだ熟さぬ細身に、赤紫の白菊を抜いた振袖《ふりそで》を着て、鮮やかな紅色の帯をおいそ結び、片はずしの髪形と薄化粧の目尻に紅《べに》を刷《は》いている。

その無理やり大人びさせて拵えた相貌が小生意気な、まだ小娘である。

小娘の隣に端座した女は、一輪のしのぶ髷《わげ》に結った豊かな髪の下に白い容顔《かんばせ》が透き通り、ひと流れの繊細な眉を刷き、奔放さと冷たさを湛《たた》えたきれ長の目や一本の鼻梁《びりょう》の下に結んだ紅色が、くすんだ土蔵の中に秘めやかに輝いて見えた。

端然と背筋の伸びた痩身を、淡い萌葱《もえぎ》の綸子《りんず》の小袖と山桃《やまもも》に銀色細縞に抜いた袴が包んで、やわらかげにくだる頬へわずかに朱《しゅ》が差し、ほつれ髪が物憂《ものう》げに戯《たわむ》れかかっている。

女の年ごろは二十一、二歳に見え、もう娘ではない。

けれど、容顔が冷たく凜《りん》としてどこかしら高慢《こうまん》さを漂わせながら、どこかしら儚《はかな》げな息吹《いぶき》がこぼれているのは、女が膝の傍らに朱鞘《しゅざや》の村正《むらまさ》の大刀をおき、小刀は腰からはずさぬ侍の扮装《いでたち》ゆえかもしれなかった。

ただ、侍風体の拵えが、かえって女の美しさを引きたてていることに女自身は気づいておらず、いかめしい言葉つきやふる舞う仕種《しぐさ》に隠れた艶《なま》めかしさが、紅絹裏《もみうら》のように見え隠れしていることにも、女は気づいていなかった。

一方、男はというと、ひとりは置手拭をかぶって、中背の痩軀《そうく》にうず巻小紋の茶の袷《あわせ》をざっと着流した格好が、若衆だったころ文金《ぶんきん》風に拵えて広小路の盛り場をうろついていた不良の面影《おもかげ》の抜けきらない、軽さと意気がった風貌を与えていた。二十四歳。読売《末成り屋》の売子を務める唄《うた》や和助《わすけ》である。

今ひとり、やや鷲鼻の尖った鼻とこけた頰が、顔つきを硬く見せている男が、年上の女と隣り合わせて端座していた。

五尺八寸ほどの背丈で肩幅は相応にあったが、よく言えば涼しげな痩軀だった。黒っぽい地色に目色を鼠にした筋ものの着物に独鈷《とっこ》の博多《はかた》帯、貫紬《ぬきつむぎ》の地味な紺羽織が、眉尻の鋭い奥二重の目や、少々骨ばった顎と斜《はす》に結んだ太めの唇の、男の硬いと言うより一徹《いってつ》な風貌に似合っていた。

一方で隣の女と交わす眼差しが、何かしら寂しげな物悲しげな影を落としているのは男の育ちのせいで、それが男に人を寄せつけぬ堅苦しさと人を気にさせずにはおかない愛嬌《あいきょう》になっていることを、この男も気づいてはいなかった。

「そうであろう、天一郎」

歳は三十歳。名は……

と、隣の女が偉そうに呼び捨てた。

名は水月天一郎。この土蔵で営む《末成り屋》主人・読売屋天一郎である。

「ほら、美鶴《みつる》さま。天一郎さんはちょっと不満気ですよ。きっとわたしたちの助言が気に入らないのだわ」

隣の小娘が童子《どうじ》の悪戯《いたずら》を見つけたみたいに、噴き出すのを堪《こら》えて言った。

小娘に《美鶴さま》と呼ばれた朱鞘の太刀を携えた女は、土蔵より一町《ちょう》ほど南に土塀を廻らした姫路酒井《ひめじさかい》家上屋敷の江戸家老《えどがろう》を務める壬生左衛門之丞《みぶさえもんのじょう》の息女《そくじょ》・美鶴である。

左衛門之丞は美鶴が形《なり》を侍風に拵え、勤番の家士らにまじって剣の稽古に明け暮れている様子を、女だてらに嫁にもいかず、と苦言《くげん》を呈するが効き目はない。

あのお転婆《てんば》の美鶴どの……

と、周辺の大名屋敷の勤番侍や武家屋敷の家士らの間で、花も色褪《いろあ》せて見える美鶴の美しさと男勝《おとこまさ》りの気性は知れ渡っていた。

「お類《るい》さん、気に入らないのじゃない」

天一郎が言ったお類は、酒井家上屋敷勤番の島本文左衛門《しまもとぶんざえもん》の孫娘である。

島本は江戸家老・壬生左衛門之丞の相談役で、美鶴が幼いころからの養育掛《よういくがかり》をもかねていた。

島本は、美鶴が侍風体に拵え男勝りにふる舞うばかりか、近ごろ、供も連れずに屋敷をこっそり抜け出し、築地川沿いのいかがわしき読売屋に出入りしているらしいと噂を聞きつけ、心配になった。

「何から何までだめとは申しませんが、壬生家のご息女なのですから相応にわきまえていただかねばなりません。今日から、お出かけの折りは……」

と、自分の孫娘の十三歳になるお類を、監視役のお供につけた。

ところがお類は、侍風体に二刀を帯びた美鶴のお供が面白くてならないらしく、監視役の方はそっちのけでまるで美鶴の妹分のようにふる舞い、ちゃっかり羽目《はめ》をはずす生意気《なまいきざか》盛りの小娘である。

「上役と下役、雇い人と使用人、お金持ちと貧乏人、身分の高い者と低い者、強い者と弱い者、そういう人々で世間の仕組みは成りたっているのです。末成り屋はどっちの味方なのだと、美鶴さまが仰《おつしや》りたい気持ちはわかります。ですが、世間に横行する意地悪や嫌がらせなど、世間ではあたり前すぎて、読売種にしたって誰も気にしません。また売れ残りの読売があそこに積み重なるだけなのです」

天一郎が階段裏の一階の北側半分に積んだ紙の山を指して答えた。

「ほらね、美鶴さま」

と、お類が美鶴へわけ知りふうに言う。

「天一郎は売れさえすれば、どんな読売でもいいのか。苦しんでいる者、悲しんでいる者、意地悪に遭っている者などをとり上げても読売が売れないから、末成り屋は関心がないのか。それでは、金持ちと結託《けったく》して政《まつりごと》を行う田沼意次《たぬまおきつぐ》と同じだな」

美鶴が言い、お類が頷いて、

「そうですよ、天一郎さん。それでいいんですか」

と、今度は天一郎へ向いた。

「田沼さまの政を、金持ちと結託して、とひと括《くく》りにするのは大雑把《おおざっぱ》にすぎます。世間の景気がよくなれば、貧しい者もいずれその恩恵にあずかれるではないか、というのが昔から政を執《と》り行う者の考え方です。田沼さまの景気浮揚《けいきふよう》策はその考え方の流れに沿ったものです。一概に間違いとは言えません」

「ですよね。景気がよくなれば、世の中がぱっと明るくなって、やっぱり、いいですものね」

「景気がよくなったのは豪商ばかりではないか。役人と豪商が利権に群《むら》がり、貧しき民の暮らしは何も変わってはおらぬ。上役は下役に威張《いば》り、雇い人は使用人をこき使い、金持ちは貧しき者を嘲《あざけ》り、身分の高い者は低い者を蔑《さげす》み、強い者は弱い者をしいたげる。打ちひしがれ苦しんでいる者、悲しんでいる者、意地悪や嫌がらせを受けている者は沢山《たくさん》いる」

お類が、ふむふむ、と頷いた。

「それは、田沼さまの政《まつりごと》一個で変わりはしません。人の性根が変わるには長いときがかかるのです。傲慢《ごうまん》や蔑みや意地悪や嫌がらせは人の性根《しょうね》にかかわっています」

「そんなことは言われずともわかっている。末成り屋は、苦しんでいる者、悲しんでいる者、意地悪や嫌がらせを受けている者の味方ではないのか、ということだ。売れさえすればなんでもいい読売屋など、わたしは好かぬ」

「わたしだって、嫌いです」

「美鶴さまの考えは甘いが、その甘さは貴《とうと》いと思います。世の中には本当みたいな嘘、嘘みたいな本当があります。読売は世の中のそんな嘘と本当のからくりをそっくり写す写し絵なのです。世の中が嘘を本当と言うなら、読売がそれを嘘と正直に言うのはむつかしい」

「天一郎さん、格好いい……」

類がはしゃぎ、和助は「ふうむ」とうなって金平糖を音をたてて齧《かじ》った。

「わたしと和助、それから修斎《しゅうさい》と三流《さんりゅう》は、旗本や御家人《ごけにん》の身分を捨てました。旗本御家人と言ったところで、所詮、部屋住みにとって捨てて惜しい身分ではありませんでした。しかし、捨てて惜しい身分を捨てるのは簡単ではありません。そうではありませんか、美鶴さま」

天一郎は美鶴のむきになった眼差しを、皮肉な眼差しで押しかえした。

「天一郎は、わたしには捨てて惜しいわが身分を捨てられぬ、と言いたいのか」

「あら、あらあらあら。天一郎さんは美鶴さまに酒井家家老職の壬生家を捨てよ、と仰るんですか？　由緒ある壬生家を捨てて天一郎さんの女房になってみろ、と仰りたいのですか」

お類の勝手に飛躍した物言いに、美鶴がぽっと顔を赤らめた。

和助が噴《ふ》き出し、天一郎は呆《あき》れて言葉につまった。

「もう、お類。勝手にまぜかえすな」

美鶴が叱るが、お類は、

「だってだって、天一郎さんが……」

と、天一郎のせいにして譲らなかった。

と、そのとき、表戸の樫の引戸が、ごろん、と重たげに鳴った。

四人がいっせいにふり向くと、冷えた冬の気配が土蔵の中へ流れてきた。

土蔵の戸前に、深編笠の侍風体の影が外の明るみを背にして佇んだ。

侍は戸前から四人をじっと見つめ、やおら、痩身を前土間へ踏み入れた。

二

「おいでなされませ」

和助が板床の上がり端《はな》へ出て、深編笠の侍へ一礼した。

「お名前とご用件をおうかがいいたします」

「それがし、竹川肇と申す。越後高田の者です。こちらは、読売屋の末成り屋さんでござるか」

「さようです。末成り屋の読売について、なんぞお訊ねでございましょうか」

「そうではござらん。末成り屋さんのご主人は、天一郎という方とうかがってまいった。天一郎さんにお目にかかりたい。おとり次ぎ願えるか」

「あ、天一郎さんに、ですか……」

和助が火鉢のそばの天一郎へ目を向けたとき、天一郎はすでに座を立っていた。

和助に並びかけ、竹川と名乗った侍と目を合わせた。

深編笠を脱いだ侍は、ひどく頬がこけて青白く、しかも老いていた。黒繻子の羽織の下に鳶色の着物、黒の細袴、腰に帯びた黒鞘の二刀の拵えに精悍《せいかん》さはなく、すぎさったときを憂える老侍の風情だった。

ただ、老侍は往時を感じさせる輝きを、深い皺に刻まれた顔のきれ長の眼差しに湛《たた》えていた。こけた頬にほつれ髪のかかる総髪が、美しい銀色だった。

「天一郎です。越後高田の竹川肇さま、でございますか。お寒い中、わざわざのお越し、畏《おそ》れ入ります。何とぞご用件を、お聞かせ願います」

「土蔵の中はこういう普請であったか。二、三度、前を通りかかったが入りづらくてな。ようやくだ……」

竹川は用件をきり出さず、穏やかな目で周りを見廻し、火鉢のそばの美鶴と類、それから和助、天一郎へと順々に向け、ふ、と天一郎へ笑いかけた。

「あ、いや、本日、突然、かようにお訪ねいたしたご無礼をお許し願いたい。決して怪しい者ではござらん」

その笑みを以前どこかで見たような気がしたのは、天一郎の思い違いでしかなかった。越後高田の竹川肇は初めて聞く名だし、顔に見覚えもない。

天一郎は戸惑いと、なぜか、かすかな親しみも覚えた。

「このようなむさ苦しい土蔵です。客座敷もありませんが、よろしければ、どうぞお上がりください」

天一郎の勧めを竹川は遠慮しなかった。「では……」と板張りの床へ慣れたふうに上がり、

「背が高いな。五尺八寸ほどか。締まったいい身体をしておる」

と、いきなり打ちとけて言った。

竹川の背丈は、天一郎ほどはないものの、一寸も違わなかった。背筋が伸びて痩せている。周りをまた珍しそうに見廻し、聞いた。

「二階も仕事場になっておるのか。仲間はほかにもおるのだろう」

「あと二人ばかり。この男とわたしの四人で、末成り屋を営んでおります」

竹川は美鶴とお類へ笑みを向けた。

「そちらの可愛らしい娘御と、勇ましくも美しいお方さまは？」

あは、とお類が竹川に笑いかけて、両掌で口を覆った。

「日ごろ、ご贔屓《ひいき》にしてくださっている方々です。うちの読売に、何かと助言をいただいておりました」

「ほお、助言を。賑やかな楽しそうな声が聞こえていた。さすが、江戸の女性《にょしょう》は活発だ。越後の田舎とは違う」

「天一郎さん、お茶を用意します」

頼む——と、天一郎が和助に言ったとき、

「お類、戻るぞ」

と、美鶴がお類を促し、立ち上がりかけた。

「あいや、失礼を申し上げた。どうぞそのまま、そのまま。それがし、すぐ退散いたすゆえ。さしたる用でうかがったのではない。本日のところは、こちらの天一郎さんにお会いするまで。それまででござる……何とぞおかまいくださるな」

竹川は妙な言い方をして、美鶴やお類を止めた。そうしてまた、穏やかな目を天一郎へそそいだ。

もしや、という思いが天一郎の脳裡《のうり》に兆《きざ》していた。

美鶴とお類、和助は訝しんで竹川を見守った。

「方々《かたがた》が不審に思われるのは、無理からぬことでござる。天一郎さん、水月《みなづき》天一郎さんだな」

天一郎は低く「はい」と答えた。

「似ている。面影《おもかげ》がある。背丈は天一郎さんの方が少々高い。昔、御公儀番方《ごこうぎばんかた》の御先手組三百石《こく》の旗本に、水月閑蔵という侍がいた。涼しげないい男ぶりでな。花の容顔《かんばせ》、錦の衣、剣の腕前は天下無双《むそう》と、みなが一目《いちもく》おいた旗本だ。その水月閑蔵がまた粋《いき》な遊び人だった……」

竹川は、ゆらり、ゆらり、と階段の裏手へ廻り、売れ残った読売や買いおきの紙の山へ近づいていった。

「遊び方も剣の腕前も、達者な男だった。博奕、女、酒、さっぱり気持ちがよく、気配りができ、みなを楽しませた。そのうえ、三味線を抱えて長唄《ながうた》をひと節《ふし》、喉を聞かせると、玄人《くろうと》の芸者がうっとりとさせられた」

売れ残りの瓦版の山に、竹川は手を触れた。

「わたしは田舎者の勤番侍だった。閑蔵とは深川の悪所《あくしょ》でもよく遊んだ。なぜか気が合《お》うてな。年はわたしが三つ上だったが、二十代の半ばをすぎてから三十三、四までの元気旺盛《おうせい》なころだ。閑蔵が奥方を迎えたのは二十九のときだ。披露の宴に、四谷御門外の屋敷へわたしも角樽《つのだる》を抱えてうかがった覚えがある。綺麗な奥方だった。奥方を見たのはあのとき一度きりだが……」

そう言って、紙の山の傍らから美鶴の方を見やった。

美鶴が目を逸《そ》らした仕種に、竹川は微笑んだ。

「天一郎さん、この瓦版は売れ残りか」

「そうです。売れ残りも沢山出ます」

「わたしはこの売れ残りの古い瓦版と同じだな。役たたずで、ただ老いぼれたのみだ。水月閑蔵のあとについて、楽しい思いを一杯させてもらったのに、わたしは何もできないただのろくでなしだった。天一郎さんは、父親を覚えているか」

「わたしが覚えているのは、母が後妻に入った旗本屋敷へ、裏四番町《うらよんばんちょう》の夕刻の富士見《じみ》坂を母に手を引かれてのぼったことです。夕空が赤く燃え、水月家から持ち帰った古い簞笥《たんす》や長持《ながもち》を積んだ荷車が、寂しい音をたてていました。それが物心のついた初めのころで、以来この歳まで、他人事《ひとごと》として話を聞く以外、わたしの中に父親がいた覚えはありません」

「水月家を、出たのか」

「出されたのです。多勢《たぜい》だったようですが、御先手組の組頭《くみがしら》が所詮は破落戸《ごろつき》ごときに襲われ落命するなど、もってのほか。武士にあるまじき不届きな素行、という表向きの咎《とが》めを受け、水月家は二男が継ぎ、母親はわたしを抱いて実家に戻らなければならなかったのです」

「閑蔵が亡くなったのは、天一郎さんが生まれて半年ばかりのころだった」

「母親の生家は小十人《こじゅうにん》組の家禄の低い旗本でした。三年後、母親は小普請《こぶしん》ですが千五百石の旗本の後妻に入ったのです。わたしが七歳のとき、弟が生まれました。旗本の家督《かとく》は弟が継ぎます」

「閑蔵は、倅の話をよくしていた。笑ったとか、寝がえりができるようになったとか。倅は閑蔵の宝物だった……」

「ふん、いい気なものです。自分はいい。好きに遊んで勝手に死んだ。残された女房と子は、勝手な亭主のとばっちりを受けなければならなかったのです」

竹川は眉間《みけん》にかすかな愁《うれ》いを浮かべた。

「母親が乳《ち》飲《の》み子の弟をあやしながら、七歳のわたしに言ったのです。おまえには継ぐ家と身分はない。養子にいける望みとて万にひとつなく、このまま部屋住みとして生きるか、旗本を捨てて生きるか、自分で身を処す算段をせよ、とです」

「旗本の身分を捨てたのか」

「血のつながらぬ兄のわたしは、旗本の家には邪魔なだけです。だから、水月閑蔵なんて、わたしには赤の他人です。ただ、この歳になって思うことがあります。水月閑蔵という男には捨てて惜しいものなんか、何ひとつなかったんじゃあないかとね。もしかして、自分の命さえ……」

「まるで、若き日の閑蔵を見ているようだ。面影、性根、閑蔵は天一郎さんの中に生きておる」

竹川はせつなげに笑った。

冗談じゃない、と思ったが、天一郎はそれ以上言わなかった。

美鶴とお類、そして和助の三人は、初めて読売屋・天一郎の素性《すじょう》に触れ、言うべき言葉を失っていた。天一郎という男の性根を垣間見て、なす術《すべ》なく見守っているばかりだった。

「読売屋を始めたのはなぜだ。いかがわしく埒《らち》もない無頼《ぶらい》の稼業と見られている旗本より読売屋がましだったのか」

「わたしは大人になり、見たくないものを見始めていました。すると周りが、いかがわしい、埒もない、無頼、と責め始めたのです。それで気づきました。見たいものしか見ず、見たくないものから目を背《そむ》けていた自分にです。見たくないものを見るために、読売屋を始めました」

竹川は沈黙し、土蔵内へ物思わしげな目を遊ばせた。そして、

「読売屋に、そんなことがやれるのか」

と聞いた。すると和助が勢いこんで言った。

「末成り屋は、見えぬ目で見て、聞こえぬ耳で聞き、語れぬ口で語るために、天一郎さんが頭《かしら》になって始まったのです。わたしは末成り屋の仲間になれたことを、自慢に思っています」

「そうか……水月閑蔵の倅だ。やれるに決まっている」

竹川は、ぼそ、と言い、天一郎へ向きなおった。

「今日は顔合わせだ。これにて失礼いたす。天一郎さん、近々また必ず会うことになる。そのとき、もっと話すことがある。そのときまたな」

そう言って踵《きびす》をかえした。

「もし」

竹川の背中に、美鶴がいきなり声をかけた。竹川はいきかけた足を止め、美鶴へふりかえった。

「昔、越後高田榊原家に、竹川甲左衛門《こうざえもん》という一刀流《いっとうりゅう》の高名な武芸者が仕えていた話を聞いたことがあります。あなたは、竹川甲左衛門という武芸者と所縁《ゆかり》の方なのではありませんか」

美鶴が凛とした目を竹川に向けている。

「失礼だが、あなたは、どちらのお方で？」

「こちらは、姫路酒井家江戸家老・壬生左衛門之丞さまご息女《そくじょ》の美鶴さまです。失礼があってはなりませんぞ」

お類が美鶴の前に出て、小柄な身体を反《そ》らせた。

「ほお。姫路酒井家に仕える壬生家の名は聞いたことがある。壬生家のご息女が、何ゆえこのようなところにおられるのか」

「それは、そこもとにはかかわりのないこと。お答えできかねます」

お類が胸を反らせてかえした。

「それはそうだ。では娘御、美鶴どのにお答えしてよろしいか」

「どうぞ。ですが手短に」

ぶった素ぶりに竹川がこけた頬を緩ませた。天一郎と和助も顔をほころばせたが、お類は真顔である。

「美鶴どの、竹川甲左衛門はわが父です。竹川家は、祖父の代より榊原家の剣術指南役を仰せつかってまいった。不才《ふさい》の身のわたしは、ただただ、わが家名を守ることにのみ汲々《きゅうきゅう》として、徒《いたずら》にときを過ごしただけでござったが。お役目は十数年前に退《しりぞ》き、今は独り人家稀《じんかまれ》なる里に草庵《そうあん》を結び、老いさらばえる身でござる」

「お役目を退かれた竹川さんが、何ゆえ江戸にまいられたのですか」

「美しくうら若い美鶴どのにはおわかりにならぬであろうな。わたしの歳になれば自《おの》ずとわかる。まあ、支度ですかな」

「支度？　なんの支度ですか……」

「ふむ。次に天一郎さんにお会いいたしたとき、お話しいたす。天一郎さんから聞かれよ。といって、大した話ではないが。では、今日はこれにて」

土間に下りた竹川は、深編笠をかぶり、表の引戸をゆるやかに開けた。

すると、竹川の痩身が日の終わりが近づいた午後の淡い明るみに包まれ、いっそう白々として、枯れて見えた。

三

中御徒町《なかおかちまち》の中原《なかはら》家より、棺《ひつぎ》を乗せた輿《こし》に位牌《いはい》、提灯、幟《のぼり》、供物《くもつ》を供え、出棺の仏事《ぶつじ》を差配《さはい》する僧、喪主、親族、会葬者の葬列が、鐃鈸《にょうはち》を鳴らしながら下谷《したや》の曹洞宗高岩寺《そうとうしゅうこうがんじ》へ向かった。

下谷高岩寺で執《と》り行われた葬儀は、表台所組頭役《おもてだいどころくみがしらやく》を務める中御徒町の御家人・中原専助倅《せんすけせがれ》・道助《みちすけ》を葬るものであった。

墨染《すみぞめ》の法衣《ほうえ》を着た導師《どうし》の引導《いんどう》と読経《どきょう》が続く中、喪主以下の会葬者らは、粛々《しゅくしゅく》と焼香《しょうこう》に立った。

焼香は、中原家当主であり喪主である専助、妻であり道助の母である玉緒《たまお》と道助の幼い妹・節《せつ》、隠居の祖父母・伊右衛門《いえもん》と千代《ちよ》、叔父夫婦の小石川薬園奉行《こいしかわやくえんぶぎょう》配下の同心《どうしん》・沢尻籐次《さわじりとうじ》と妻の波江《なみえ》、そして同じく中原修三郎《しゅうざぶろう》、と続いた。

それから中原家の親類縁者、会葬者の焼香が行われている間、中原修三郎は何年ぶりかに着た裃《かみしも》の下で六尺豊かな痩身を縮めていた。

頭髪も会葬の士らが月代《さかやき》を剃った髷姿の中にあって、修三郎だけが総髪の後ろを元結《もとゆい》で結《ゆ》い、髷を結ばず白い肩衣《かたぎぬ》の背中に長く垂らしていた。

中原家の隠居・伊右衛門の三男・修三郎は、本来なら部屋住みの身だが、今は中御徒町の組屋敷を出て錦《にしき》修斎と名乗り、築地《つきじ》の読売屋の絵師を生業《なりわい》にしていた。

木挽町の裏店に、町芸者のお万智《まち》と暮らしている。

御家人の部屋住みとはいえ侍である。侍がそのような不埒な、という体面はあるものの、侍として生きる手だては各々勝手次第であるため、中原家では修三郎のふる舞いに目をつぶるしかない。

亡くなった中原道助は修三郎の甥《おい》で、まだ十三歳だった。

一年と十ヵ月前の十二歳から湯島《ゆしま》の昌平黌《しょうへいこう》に通い、去年の秋とこの春の二回の大試験で初学《しょがく》、諸会業《しょかいぎょう》とお上《かみ》に褒賞《ほうしょう》される抜群の成績で進級し、いずれは儒者《じゅしゃ》の道に進む素養と昌平黌の教授方も認める、中原家の誉《ほま》れだった。

それがまだ幼さの残る十三歳で優秀すぎるために、年上の学生《がくしょう》らのいじめに遭っていたらしいとわかったのは、道助があまりにも若くして不慮《ふりょ》の死を遂げたあとだった。

道助は父や母に心配をかけぬよう、年上の学生に意地悪や嫌がらせに遭っている事情を隠していた。

というのも、いじめの相手は番町《ばんちょう》に組屋敷を持つ旗本の十五歳から十六歳の倅らで、いずれも新番衆《しんばんしゅう》役の六百石から八百石取りの家柄だった。

わずか数十俵《ぴょう》の御家人の中原家とは身分違いである。

十五歳十六歳ともなれば、身体つきは大人と変わらなかった。

道助は旗本の倅らの執念深く陰湿《いんしつ》な意地悪や嫌がらせに堪《た》えて、昌平黌に通っていた。

数日前、旗本の倅ら三人が昌平黌からの戻りの道助を昌平坂で待ち受けていた。

「道助、おまえちびだな。幾ら学業に優れていても、それでは肝心の侍としてお上のお役にはたたぬ。剣術の指南《しなん》をしてやる。ついてまいれ」

三人は道助をとり囲み、湯島の崖下の藪《やぶ》の中へ連れこもうとした。

道助は三人の隙を見つけて、咄嗟《とっさ》に逃げた。昌平坂を懸命に駆け下った。「逃がすな」と、三人が道助を追った。

昌平橋のある明神《みょうじん》下の通りへ飛び出した出合い頭だった。

瓦を山と積んだ荷車と道助は衝突した。

荷車は前に二人、後ろに二人の人足がついていた。

小柄な道助がぶつかり、荷車を引く前の人足らは「おっとっと……」と、慌てて方角を横へきった。だが後ろの人足らは道助に気づかず押し続けた。そのため、瓦を堆《うずたか》く積んだ荷車は均衡を失い、道助の頭上へ横転した。

道助は頭を強く打ち、内臓の損傷がひどかった。丸一日半、

「痛い、痛い……」

と苦しみ、一昨日の夜中に短い十三年の生涯を閉じた。

中原夫婦は、通夜《つや》の焼香にきた道助と同じ刻限に昌平坂の帰途についていて災難にいたる経緯《いきさつ》を見ていた学生から、道助が旗本の倅らに日ごろよりいじめを受けて

いた事情を聞かされた。

出合い頭にぶつかり、道助を死にいたらしめた荷車の四人の人足を、町役人が拘束し、知らせを受けた町方に明神下の番所（自身番）でとり調べを受けている、というさ中だった。

なんたること、捨ててはおけん、と通夜に参集した中原家の縁者らは激昂《げっこう》した。中でも祖父の伊右衛門の怒りはひと通りではなかった。相手の旗本に直談判《じかだんぱん》し、埒《らち》が明かねばお上に訴える、と息巻き、賛同しない縁者はいなかった。

修斎はそんな縁者の片隅で、父親・伊右衛門の怒声《どせい》を黙然《もくねん》と聞いていた。

そこへ、旗本の三家より共同で供え物の菓子折りが届けられた。

謝罪や悔やみの言葉はなく、旗本からはそれのみだった。

「こんなものひとつで、人を愚弄《ぐろう》しおって」

伊右衛門は菓子折りを庭へ投げ捨てた。

それでも、旗本に直談判、となると、では誰がいく、とみなの腰は重くなった。

殊《こと》に番方《ばんかた》の旗本は相手が悪い。むつかしい事になるのは予見《よけん》できたし、埒が明かねばお上に訴えるというのも、手間がかかる。

自分が表だつと、旗本側からどんな仕かえしを受けるかしれない。

ともかくも葬儀が終わってから、ということになり、通夜と翌日の葬儀、埋葬は滞りなく執り行われた。

夕刻、中御徒町の組屋敷に戻って道助を偲《しの》んでしめやかな酒になった。

酒が入り、隠居の伊右衛門の怒りがまたぶりかえした。

伊右衛門は旗本の家を執拗《しつよう》になじり、有能な後継ぎを失くした落胆《らくたん》がわかるだけに、専助始め縁者らは伊右衛門に口を出さなかった。

ふと、伊右衛門は縁者の末席に連《つら》なっていた修斎と目を合わせた。

物乞いのように髪をのばして背に垂らし、六尺の痩軀の背を丸めて端座し、静かに盃を上げている修斎の様子に、伊右衛門は我慢がならなかった。

伊右衛門は怒りの矛先《ほこさき》を修斎へ向けた。

「修三郎、おまえは何をしておる。なぜそこにおる。愚《ぐ》にもつかぬ読売屋ごときの無頼の輩《やから》とつるみおって。おまえはわが家の恥さらしだ」

伊右衛門がいきなり修斎へ罵声《ばせい》を浴びせ、縁者がいっせいに修斎へ向いた。

修斎は黙って罵声を受けた。

父親が自分を罵《ののし》って大事な孫を失くした悲しみが少しでも癒せるのであれば、それぐらいはよかろうと、盃をおき畏《かしこ》まった。

「おまえごときでき損ないが生き恥をさらし、わが家の誉れがなぜ命を落とさねばならん。ええ？　おまえごとき不束者《ふつつかもの》がのうのうと生き長らえ、有能な道助が短い生涯を閉じねばならん。そんな理不尽《りふじん》を許せるか」

伊右衛門の八つあたりは、修斎を罵倒《ばとう》するだけではすまなかった。わざわざ末席に畏まっている修斎の傍らまできて、さらに罵った。

「読売屋などと破落戸《ごろつき》まがいの輩と徒党を組み、埒もない絵を描いて絵師などと称し、薄汚い形《なり》で盛り場をうろつき、おまえは一体何者だ。それでも侍の血筋か。それともお前は物乞いか。汚いこの髪をきれ。きりたくなくば腹をきれ」

修斎ひとりが、伊右衛門の怒りの捌《は》け口にされた。

伊右衛門は急に酔いが廻ったらしく、修斎の肩衣をつかんでゆさぶり、「無頼漢《ぶらいかん》」「恥さらし」と罵声を繰りかえした。

誰もそんな伊右衛門を止めなかった。ただ女たちのすすり泣きと、道助の九歳の妹の節だけが「修三郎叔父さん、可哀想」と、母親の玉緒にこっそりと言ったのが聞こえた。

「お義父《とう》さま、もうそこまでに……」

見かねた玉緒が言ったが、伊右衛門は「かまうな」と玉緒を一喝《いっかつ》した。

「おまえはわしの生涯唯一の汚点だ。おまえのせいで、わが中原家がどれほど肩身の狭い思いをしておるか、下賤《げせん》なおまえには侍の苦しみなどわかるまいな」

修斎は伊右衛門にゆさぶられながら、父親の力が昔ほどではなくなっていることが気になった。

「父上、お放しください。目障《めざわ》りならば、わたくしは退散いたします」

修斎は努めて冷静に言った。

「おまえに父上などと、気安く言われとうはないわ。目障りならば、ごみ溜めへ戻ると申すのか。違うだろう。目障りならば、おまえのゆき先はそこの庭先だろう。庭先で存分に腹をきれ。わが倅として侍でいたくば、だ」

「あなたは酔っておられる。落ちついてください。わたしをどれほど貶《おとし》めたところで、道助を失った無念は変わりますまい」

誰も伊右衛門を止めぬため、修斎がなだめるしかなかった。

「ええい、汚《けが》らわしい。読売屋ごときが道助の名を口にするな。これ以上おまえに中原の家名に泥を塗らせぬぞ。今この場で、わしがおまえを手打ちにいたす。ここになおれ」

酔った勢いで言っているだけで本気ではないというのはわかるが、自分の倅にそこまで言うか、と修斎は思った。

叔父の近藤留助《こんどうとめすけ》が修斎と目を合わせ、鼻先で笑った。この叔父は中原家のできの悪い三男坊だった修斎を、子供のころから疎《うと》んじていた。この場の年長者のひとりでありながら、兄の伊右衛門を止めようとはしなかった。

むろん、中原家を継いだ長兄の専助、小石川薬園奉行配下の同心・沢尻家に養子縁組して入った下の兄の籐次も黙っている。

母親の千代は、いつも夫の伊右衛門の言いなりだった。夫の怒りが収まるまで放っておくしかない、と心得ている。

「読売屋を生業《なりわい》にした仲間は、わたしと同じ、家禄の低い武家の部屋住みばかりです。それがみな自分の稼ぎで生きているのです。わたしが屋敷を出たのは、無為徒《むいと》食《しょく》の部屋住みの身で兄上に負担をかけたくなかったからです。いっさいの家禄もなく、侍が体面を失わずに生きていくのは簡単ではありません。ご自分の立場だけの推断で、わたしを貶めるのは、それこそ理不尽というものです」

「小汚い読売屋が理屈をこねおって。何が自分の稼ぎだ。他人の粗《あら》を探し、あることないこと書き散らし、強請《ゆす》りたかりまがいで金儲けをしておる読売屋稼業が恥さらしだと言うておるのだ。武士の風上にもおけん、と言うておるのだ」

「読売屋にもいろいろあります。侍にもいろいろな侍がいるのと同じです。読売屋にたかる役人もいるのです。道助を死に追いやった旗本の倅らは弱い者いじめをした。弱い者いじめをした倅らの代わりに、わたしはなれません」

「やめろ、修三郎っ」

突然、叔父の留助が離れた座から修斎を怒鳴りつけた。盃を持ち上げた格好で修斎を苦々しく睨《にら》んでいる。

「とめる相手はわたしではありません。父上だ」

修斎は声を抑えて、留助に言いかえした。すると、

「やめろと言うておるだろうっ」

と、怒鳴った留助が盃を修斎へ投げつけた。盃は修斎の膳の角にあたって撥《は》ね、畳にころころと転がった。節が恐《こわ》がって玉緒にすがった。

修斎は、「それまでに……」と掌を前にかざす仕種で留助を制した。

留助は、おまえなどの言い分を聞く耳は持たぬ、と頭から決めてかかっていた。

怒鳴る相手が違う。

修斎は言いたかったが、自分を抑えた。今は何を言っても無駄である。

膳からさがり、兄の専助に言った。

「では、わたくしはこれにて……」

専助は修斎から顔をそむけ、黙っていた。

修斎はこの兄に幾ばくかの金を用だてている。

半年ほど前、何かと物要りでな、と絵師として少し名の売れ始めた修斎にこっそり借金を申しこんできた。

それまでは、修斎を他人のようにつれなく扱っていた兄だった。

修斎に大した蓄えはなかった。だが、女房のお万智が「兄さんが困っていらっしゃるんでしょう。これを使ってもいいのよ」と、出してくれた。

専助はためらいなくその金を懐にして帰ったが、返済は未《いま》だにすんでいないし、修斎自身、返済を口にするのをはばかっていた。

玉緒と娘の節だけが修斎に頭を下げ、修斎は二人に会釈をかえして夕刻の和泉橋《いずみばし》通りへ出た。


本所《ほんじょ》二つ目から三つ目の間、緑町《みどりちょう》三丁目と四丁目の境の通りを北へとって南《みなみ》割下水《わりげすい》の手前の一画に、材木石奉行同心《ざいもくいしぶぎょうどうしん》の御家人・本多新太郎《ほんだしんたろう》の組屋敷がある。

本多新太郎はもう七、八年前、父親庄五郎《しょうごろう》から本多家の家督を譲り受け、庄五郎の番代《ばんが》わりで材木石奉行同心の役目に就いていた。

弟がいる。本多広之進《ひろのしん》である。

夕刻のその刻限、本多家の六畳に主人の本多新太郎と安江《やすえ》夫婦、隠居の庄五郎と民《たみ》夫婦、そして弟・広之進の一同が顔を突き合わせ、ある話し合いが持たれた。

隠居の庄五郎・民夫婦と広之進が対座し、主人の新太郎と安江は広之進の右手側、襖《ふすま》を背に着座した格好で、左手は粗末な四《よ》つ目垣《めがき》に囲った狭い庭と濡《ぬ》れ縁《えん》に面した明障子《あかり》が閉じられていた。

話し合いと言っても、話しているのは殆《ほとん》ど隠居の庄五郎であり、民、新太郎、安江は広之進を見つめて庄五郎の話にとき折り頷くぐらいだった。

広之進は、分厚い胸を幾分反らし、唇を強く結んだ不審げな表情を畳へ落としていた。

「……市川《いちかわ》さんは、当然のことながら、おまえがどのような経緯《いきさつ》があって今の境遇にいたったか、十分承知しておられる。市川さんは気性の練《ね》れたお方でな。厳しい境遇を生き抜き、世間の辛酸《しんさん》を舐《な》め底辺を知る者は、むしろ心が強くなる、とお考えだ。読売屋に身を落としたことはおまえになんの落ち度もないし、逆におまえを強くしただろう、とまで仰《おつしや》ってくださっている」

庄五郎が感心した顔つきを広之進に向け、続けて言った。

「さすが、世の中を、人をよく見ておられる。わしらも、幼きころより手先の器用だったおまえの行く末によかれと思い泣く泣く養家に出したが、それがおまえに負担をかけてしまう結果に至ったことは悔《く》いておる。市川さんは、わしらにもまた同情してくださっているのだ。親が願う通りに子がみな幸せになれれば苦労はない。だが、そうはいかぬところに親の苦労がある、とな」

民が俯《うつむ》いて、指先でそっと目を拭った。

新太郎と安江が広之進から目を離さず、しきりに頷いた。

話し合いは、新太郎の弟・広之進の今後の身のふり方についての談合だった。

広之進の父親・庄五郎が、小普請方《こぶしんかた》の同じ御家人の市川繁一《しげかず》よりある申し入れを受けた。広之進は新太郎より「用がある……」と呼ばれ、用向きは知らされぬままその夕刻、生家の組屋敷を訪ねたのだった。

「しかし考えてみれば、おまえの味わった苦労、つらい体験があったればこそ、このたびのようなありがたい話が申し入れられたとも言える。獅子《しし》の子落とし、と言う。厳しいようだが、それが武家の定め、武家の親と子のあるべき形、とわしは信じておる。わが本多家一門が栄えるときがきたのだ。これを機におまえは武門《ぶもん》に生まれた侍として、わが本多家を新太郎の親戚として背負っていってほしい」

広之進には、庄五郎の話が他人事に聞こえていた。今さら、本多家をどうこう言われても、不審が募《つの》るばかりだった。

広之進は今年二十九歳。丸顔の中に、ぎょろ、とつい相手を睨みつけてしまう目つきや、五尺四寸の背丈にしては肩幅のあるずんぐりした体軀《たいく》が、頑健《がんけん》そうな風貌をこの男に与えていた。

本多家の部屋住みだったが、十五のとき、浮世絵《うきよえ》板木の彫師を生業にしている浪人の家と養子縁組を結び、本多家を出されていた。

表向き武家同士の養子縁組という名目の下《もと》、実情は彫師の師匠の徒弟に出されたのである。本多家にとっても体《てい》のいい口減らしにすぎない、というのは、十五の広之進にもだいたいは察しがついていた。

広之進は数年間、板木の彫師の修業を積んだのち、明和《めいわ》二年に気難しい師匠である養父と諍《いさか》いを起こし、欠《か》け落《お》ち同然に養家を出奔《しゅっぽん》した。

自分を捨てた生家《せいか》に戻ることはできず、物乞い同然に盛り場をうろついているところを、十二歳年上の芝口新町《しばぐちしんまち》の船宿汐留《ふなやどしおどめ》の女将《おかみ》・佳枝《かえ》に拾われ、以来、奉公人という体裁《ていさい》から始まり、やがて佳枝と夫婦《みょうと》同然の暮らしを送ってきた。

しかし、広之進は船宿の亭主に納まる気はなかった。

生来、手先の器用なところがあったのは本当である。

八年前、養家で身につけた彫師の腕を生かし、築地の読売屋の彫師と摺師を始めた。彫師を始めてから、彫師・鍬形《くわがた》三流と名乗った。

読売屋の八年がたち、そうして十五の歳で本所の家を出されてから十四年の歳月がすぎていたのである。

数年前、佳枝と夫婦の披露《ひろう》を町内でひっそりとすませていた。

父親の庄五郎には知らせたが、そのときは何の音沙汰《おとさた》もなかった。

広之進は唇を結んで、むっつりと黙りこんでいた。

十五から二十九までの十四年はあまりにも長く、今さら侍がどうの武門がどうのという言葉が、空虚《くうきよ》に響いたからだ。

要領を得ない弟の様子に痺《しび》れをきらした新太郎が、膝を乗り出した。

「広之進、市川家の春世《はるよ》どのを覚えていないか。おまえより三つ年上だ。子供のころ、遊んでもらったろう。春世どのはおまえのことを覚えているそうだ」

広之進は首をひねった。生来《せいらい》が愛想《あいそ》のいい子ではなかった。どちらかと言えば、幼いころより可愛げのない子だった。

「覚えておらぬか。美人というより、可愛らしい愛嬌のある顔だちの女性《にょしょう》だ。武家としての行儀作法は申すまでもなく、書の腕前が師範並みとうかがっておる。そのほか、茶の道や歌の道にも造詣《ぞうけい》の深い才の豊かな方と、近所でも評判なのだ」

「ほお、歌の道に。春世どのが歌を作られるとなると、浮世絵の板木とは言え、彫師の修業を積んだ広之進と、相通ずるものがあるのではないか」

と、庄五郎が言い添えた。

「その通り、きっとお似合いですよ。市川家はお金持ちですから、そのうちに春世どのの歌集などを双紙《そうし》になさり、それを広之進さんが板木になさる、ということもあるかもしれませんね」

と、それは安江が言い、広之進をのぞいて四人が「ふむ、面白い」「そうかもな」などとひとしきり言い合った。

新太郎は、広之進、いや鍬形三流へなおも言った。

「確かに春世どのの三十二歳という年は若いとは言えぬ。しかし、考えてみるがい。おまえが世話になっておる船宿の汐留の女将、名前は確か、佳枝だったな。向こうは四十一歳の婆さんだろう。それに比べれば、春世どのははるかに若い。妻となる女は、ある程度の若さがなければな。むろん、春世どのとおまえの間に男児が生まれたら、市川家の跡とりになるのだ」

「佳枝という女は、器量よしなのか」

庄五郎が訊いた。

「はあ、まあ。町内では四十をすぎて未だ、汐留の美人女将と評判のようです。ですが、所詮《しょせん》、船宿の女将です。わたしに言わせれば化粧が濃く猥《みだ》らがましさが先にたって、あまりいい感じは覚えておりませんな」

「まあ、いやねえ……」

安江が新太郎に言った。

「おまえが苦境の折りに世話になったとは言え、十年近く婆さんに尽くしたのだ。借りは十分かえしたろう。おまえはもう二十九だ。若くはない。ふしだらな暮らしをやめ、また読売屋など無頼の仲間らに見きりをつけるいい機会ではないか」

「この機会を逃がしたら、御公儀直参《じきさん》には二度と戻れません。春世どのと夫婦になり、御家人・市川広之進を名乗れるのです。よかったではありませんか」

義姉の鉄漿《かね》が、夕刻になって灯した行灯《あんどん》の明かりにてらてらと光った。

「それに市川家は、ただの小普請役ではない。先ほど父上が申された例の貸金業でな、そちらの方が相当の……な、わかるだろう」

新太郎が声をひそめた。

「なんにせよ、船宿の下賤《げせん》な女将との間に子が生まれなかったのは幸いだった」

庄五郎が膝を叩いて隣の民に言い、民が頷いた。

「いえ。お佳枝とはすでに夫婦の披露をしており、お佳枝には前の亭主の子がおります。年が明ければ十歳になる童子です。物乞い同然の暮らしだったわたしが汐留に拾われたころは、まだよちよち歩きの赤ん坊でした。わたしになついております」

広之進がようやく答えた。

するとと新太郎と安江が声をそろえて笑った。

「前の亭主の子など、おまえが気にすることはあるまい。どうせ、やくざか遊び人の子に違いない。われら侍の血筋とは一緒にならん。それに夫婦の披露と言うても船宿の女将だ。まともな相手ではない。そっちの方はどうとでもなるさ」

新太郎と安江に庄五郎と民が加わり、四人の笑い声が座敷に満ちた。

四

その日の宵、四つ目垣に囲われた小屋敷地と小路ひとつ隔てた木挽町四丁目の裏通り。焼き物料理屋《沢風《さわかぜ》》の客座敷は、七輪にかけた鍋の煙や湯気や甘く焼ける匂いがたちこめる中、ほぼ満席の客で埋まっていた。

昼間は甘い醬油だれがじいじいと焼けてしたたる匂いにそそられる《江戸前鰻《うなぎ》の蒲焼《かばやき》》で飯を食わせ、夕暮れからは、伊勢海老《いせえび》の鬼がら焼、季節ごとの魚に豆腐や蒟蒻《こんにゃく》、茸《きのこ》の田楽《でんがく》などの焼き物料理の店で、殊に鋤焼鍋《すきやき》が評判の店だった。

十二畳ほどの小広い客座敷の座に客がつくと、半暖簾の下がった調理場より赤襷《あかだすき》に赤前垂れのよく太った年増《としま》の女将と使用人の女が七輪を持って現われ、客の注文を聞き、炭火の熾《おこ》った七輪に鍋をかけて焼きにかかる。

評判の鋤焼は、たまりに漬けた雁《かり》や鴨《かも》、紅葉《もみじ》や牡丹《ぼたん》を唐鋤《からすき》の上で焼いて食う野良《のら》料理だったのを、唐鋤を鍋に替えてたまりをそそぎ、じゃあ、と湯気と美味そうな匂いをたちのぼらせ、客に食わせた。

客は堪《たま》らず、夏場は元より冬場でも冷酒《ひやざけ》が何杯も進んだ。

木挽町界隈《かいわい》のお店者《たなもの》や周辺の武家屋敷の侍らの定客《じようきやく》で、毎夜、店は繁盛した。天一郎、錦修斎、鍬形三流、そして唄や和助の四人も《沢風》の定客である。

四人は甘い湯気がたちのぼる鴨の鋤焼鍋を囲んで、冷酒を酌《く》み交わしていた。

徳利《とくり》を廻しつつ、和助が修斎に言った。

「修斎さん、そんなことを言われちゃあ心外ですよね」

「……まあな」

修斎はぐい飲みをあおって喉を鳴らした。

今夜の修斎は六尺を超える痩軀の背中が普段より丸く見え、少々元気がないのに酒の進みは早かった。

「いくら縁者《えんじや》だからって、言っていいことと悪いことがあるでしょう。いい大人がそんな分別もできないのですか」

「腹を切れは、あんまりだ。なぜ修斎が責められねばならん。気に入らないやつ、弱いやつに八《や》つあたりか。それなら旗本の倅らの意地悪や嫌がらせと同じではないか。それゆえの災難なのにな」

三流が鴨肉を頰張《ほおば》り、和助の徳利を受けた。

「だいたい、その近藤とかいう叔父は何者なんですか。酒癖の悪い酔っ払いみたいに盃を投げつけるなんて、普通なら、無礼千万《せんばん》、手打ちにいたすところですよ」

和助がそう言いながら、湯気をたてる鋤焼鍋の鴨肉と葱《ねぎ》をどっさりとった。

「そう言うな。親父も叔父も、おれにしか怒りをぶつける相手がいないのだ。家禄の低い下役勤めの御家人でも侍の気位《きぐらい》はある。だが上役に逆らったことはなく、ずっと身を小さくして、何十年も生きてきた。親父も叔父もそうするしか、しがない御家人の身分と家名を守る方法がなかった」

修斎はぐい飲みをあおり、手酌《てじゃく》で徳利を傾けた。

「だから、わたしが自分たちの苦労も知らずに呑気《のんき》に暮らしている、と親父らには見えるのだ。自分の食う米のひと粒ひと粒ですら、ただでは手に入らないという暮らしがどういうことか、ちゃんとはわからないのだ」

「そういうもんですかね。ちょいと気を廻せばわかりそうなものだ。たとえわずかな扶持米《ふちまい》でも、自分が食うだけはある。あばら家でも雨露《あめつゆ》をしのげる屋敷はある。それだけでも、住まいや扶持米すらない者よりどれだけ恵まれているか。しかも、ただその家に生まれた、というだけで与えられるのですから」

「その通りだ。修斎は屋敷を出て、己の才ひとつで己の身をたててきた。お陰で、修斎が部屋住みの厄介《やっかい》になっているより、家督を継いだ兄さんの暮らしがどれだけ助かっているか」

「それがわかっているから、普段は修斎さんの生き方を見て見ぬふりをしているんです。そのくせ、本来なら旗本にぶつける怒りを、旗本相手では分《ぶ》が悪い。ここは言いやすい修斎さんに怒りをぶつけて腹癒《はらい》せだ。それが侍のやることですか」

「わたしの生家だ。あまり悪く言ってくれるな」

修斎は続けて呑んだ。

「さあ、修斎さん。どんどん食べて元気を出してください」

和助が修斎の皿に鴨肉と葱をどっさり盛った。

そういう和助も三流も、修斎と同じく見て見ぬふりをされている本来ならば御家人の部屋住みの身である。

「道助という甥は、それほど優秀だったのか」

と、天一郎がぐい飲みを上げて言った。

「うん。兄の自慢の倅、中原家の誉れだった。抜群《ばつぐん》の秀才《しゅうさい》と、昌平黌《しょうへいこう》の教授方を驚かせたそうだ。まだ十三歳で、理不尽にも将来のときを断たれた。兄にしても親父にしても、堪らないのだろう。だから落ちこぼれのわたしがよけい目障りだった」

「そんなことありませんよ。修斎さんだって、今に絵師として名が売れれば、中原家の誉れと言われるようになりますから。それに昌平黌たって、近ごろはあまりぱっとしませんし……」

和助に言われ、修斎は苦笑を浮かべた。

昌平黌は一昨年《おととし》の安永元年に、火災に遭っている。

「その道助が、なぜか中原家の鼻つまみのおれにはなついてな。どうやら本人は、絵に関心があったようだ。木挽町の店に、兄夫婦には内緒で遊びにきたこともあった。去年、十二歳で昌平黌へ入ったばかりのころだ。曽我蕭白《そがしようはく》先生の絵を見せたら目を輝かせていた。兄夫婦には内緒でおれに弟子入りをしたいと真顔で言うものだから、困ったよ」

「そういう甥だと、よけいつらいな」

天一郎は、修斎のぐい飲みに徳利をかたむけた。

「以前、兄さん夫婦に金を用だてたろう。あれはどうなった」

三流が訊いた。

「兄にだ。義姉《ねえ》さんは知らぬと思う。道助が昌平黌へ上がって何かと物要りが続いたらしい。お万智が用だてててくれた」

「貸した金はかえってきたのか」

修斎は鴨肉を頰張り、首を横にふった。

「お万智さんはどう言っている」

それにも首を左右にした。お万智は何も言わぬ、という意味だ。

「相手の旗本には、どういうふうにかけ合うのだ」

天一郎が訊くと、修斎は鴨肉を飲みこみ、ぐい飲みをあおった。

「縁者一同が結束して、旗本らの支配役にかけ合うそうだ。万が一それで埒が明かねば、評定所《ひょうじょうしょ》へ訴え出ると、親父は腹を決めている。むつかしい相手だが、やるしかあるまい。うやむやには終わらせん。一族の面目にかけてな。おれはただ、それを見守るだけだが」

珍しく、修斎が気を昂《たか》ぶらせていた。

そこへ、師走の忙しい期間、臨時に雇われた赤襷に赤前垂れの小女が牡丹の皿を運んできた。

「はあい、お待たせしまし、たあ。牡丹、でえす」

小女は言葉の末尾をはね上げる妙な言い廻しをして、皿を七輪のわきへおいた。

「牡丹も頼んだのか」

「当然ですよ。鴨だけじゃ、腹が落ちつきません」

「ふうむ、鴨に牡丹は、濃いなあ」

三流が言い、和助は「平気ですよ」と食欲旺盛である。

「新しい酒も頼むぞ。うんと冷たいのをな」

「はあい、承知しまし、たあ」

小女の妙な言い廻しに天一郎ら三人は笑ったが、修斎は考えこんでいる。

口には出さずとも、内心の怒りを抑えかねているのに違いなかった。

「天一郎、おぬしの父親の知り合いだった竹川という侍の話が聞きたいな。江戸は三十年ぶりらしいじゃないか。驚きではないか。どういう侍だ」

三流が天一郎へ目を転じた。

「わたしも驚いた。父親より三つ年上と言っていた。父親が落命したのが三十一のときだ。わたしが生まれて半年の乳飲み子、それから三十年だから六十三、四になるはずだ。越後高田の榊原家に仕える剣術指南の家系らしい」

「竹川は六十三、四か。いい歳だな。その歳で越後から江戸への旅はきついぞ。わざわざ、天一郎に会いにきたのだから、昔、親しく交わった友の子を懐かしんだだけ、というのではあるまいな」

「何か伝えることがあるふうな口ぶりだった。当然、わたしに会うためだけに出《しゅっ》府《ぷ》したのではないと思う。ほかにも用がある様子だった」

「何か伝える？　三十年もたって、今ごろなんのために」

「さあ。当人は支度だと言っていた」

「支度？　なんの支度だ」

「この世の仕舞《しまい》支度のような気がした。だから聞かなかった」

すると修斎が顔を上げ、静かにぐい飲みをあおった。

「父は子の育つ姿を知らず、子は父の姿を知らずに育ったか。人は様々だな」

修斎はぽつりと言った。

和助が煮えすぎた鴨肉を自分の皿へとり分け、牡丹を新たに鍋へ入れた。そして新しい肉をじゅうじゅういわせながら、

「天一郎さんが旗本の生まれなのは知っていましたが、今日初めて生《お》いたちを聞いて胸に染《し》みました。天一郎さんも童子のころに、つらい思いをなさったんですね」

と、急にしんみりとなった。

「そうでもないさ。つらい目に遭った数だけ、それから抜け出る安堵《あんど》や喜びがあるものさ。あのころがあったから、みなともこうして酒が呑めるし、玄《げん》の市《いち》の師匠と

も親交ができた。まずまずさ」

玄の市とは、南小田原町《みなみおだわらちょう》で座頭金《ざとうがね》を営む座頭であり、読売《末成り屋《うらなりや》》の土蔵の地主であり、天一郎らの陰の支援者であり、また知恵袋である。

「そうして、玄の市の師匠のお陰で修斎や三流と出会えた」

「そうだったな。玄の市の師匠の裏店《うらだな》におれたちは食うことの心配もなく居候《いそうろう》をして、好き勝手に夢を語り、末成り屋を始めることを思いついたのだったな」

三流が答えた。

「じゃあ、おれは？」

和助が鍋をじゅうじゅういわせている。

「おまえはまだ、十五、六の文金《ぶんきん》風体の悪餓鬼《わるがき》だったたではないか」

「餓鬼じゃありませんよ。あのころが一番女にもてたんですから」

「また女にもてた自慢話か。懲《こ》りない男だな」

三流が鼻をふくらませた。

「なんにしても、末成り屋を始めて和助が仲間に加わったのだからよかったな」

天一郎が和助を庇《かば》った。

「美鶴さまともお会いできましたしね、天一郎さん」

天一郎は、ふむ、と軽く首肯《しゅこう》した。

「竹川がきたとき、美鶴さまもいたのか」

「小娘のお類を従えてね。末成り屋の読売の切り口が甘い、と美鶴さまの方は相変わらず天一郎さんに辛口で」

天一郎と修斎、三流が顔を見合わせ、苦笑を浮かべた。

「ところで、三流、おぬしも今日は実家の兄さんに呼ばれたのだろう。深刻な事情が持ち上がったのか」

「いや。どうってことのない話だった」

「なんなのですか。どうってことないなら聞かせてください」

「わたしの養子婿《むこ》の話だ」

ええっ、と三人が驚いてぐい飲みや箸を持つ手が止まった。

「よ、養子婿ですって？」

和助の声に驚いた周囲の客が、四人へふり向いた。

「相手の家は？」

修斎が訊いた。

「同じ本所の御家人だ。家禄はうちと同じくらいの小普請だが、本所の貧乏御家人相手に金貸しをして、相応に小金持ちらしい」

「御家人が御家人に金貸しですか」

「そうだ。珍しい話ではなかろう」

「養子婿、ということは相手の家督を継ぐのですか」

「そうなる。兄嫁がわたしに御家人に戻れるのだとはしゃいでいた。父も母も乗り気だったが、じつのところ、実家がその家に借金を抱えておるようだ」

「では、借金のかたに二度目の養子縁組ですね」

「こいつ、人聞きの悪いことをずけずけ言う。はは……だがまあ、あたっていなくもないかもな」

「女房になる相手は、どんな女なんですか」

「わたしより三つ年上だ。家がそう離れておらぬから子供のころに見覚えがある」

「き、器量は、どうなんです？」

「気になるか」

「そりゃあ、なりますよ。汐留のお佳枝さんは、どうするんですか？」

「お佳枝のことも、気になるか」

和助がしきりに頷いたそこへ、赤襷の小女が新しい徳利を運んできた。

「お待あたせ、いたしまし、たあ」

小女ののどかに間のびした調子に四人はそろって、ぐふっ、と噴いた。

五

両国橋《りょうごくばし》を東両国へ渡った本所元町、一ツ目の角から北へ三軒目に銭屋《ぜにや》の《花林《はなばやし》勘八《かんぱち》》の表店がある。

夜更《よふ》けの五《いつ》ツ半（午後九時）すぎ、花林の奥の居室に、主人の花林勘八、深川大新地の店頭《たながしら》・洲本屋《すもとや》の重吉、そして竹川肇の三人が着座していた。

締まり屋の主人・勘八の命《めい》で、横川《よこかわ》の時《とき》の鐘《かね》が報じる夜五ツ（午後八時）には家人も使用人も寝床に入る花林の店は、早や森閑《しんかん》としていた。

三人は陶製の火鉢を鼎《かなえ》の形に囲んでいて、一灯の角行灯が三つの影を、閉じた明障子に薄《うす》らと映していた。

炭火が熾る火鉢には五徳《ごとく》に鉄瓶がかけられ、角行灯一灯だけの薄暗い部屋に湯気をのぼらせていた。

五ツころ、三人は花林の店で顔を合わせた。そして、およそ半刻《はんとき》の間、声をひそめて言葉少なに、話し合いを続けてきたのだった。

ひとりが経てきたときの断片を語り、ほかの二人に言うことはなく、ひとりのときの話が終わると、次のひとりの話が始まるまで、長い沈黙と溜息と答えの見出《みいだ》せない空虚が続く、そんな話し合いだった。

三人の重苦しい沈黙に誘われるかのように、町内のどこかで火の番がつく鉄杖《てつじょう》の音が、ちゃらん、ちゃらん、と聞こえ、犬の長吠えや遠くで流す座頭の呼び笛が、師走の夜更《よふ》けに物悲しく響いた。

やがて勘八が、ふう、と吐息をもらして腕組みをほどいた。勘八は、薄暗い天井へ一瞥《いちべつ》を投げてから、竹川へ向きなおった。

「だいぶ冷えてきました。炭をとってきます。そうだ。竹川さんとは三十年ぶりです。少々お酒をいただきましょう。多くの人が散りぢりになりました。すぎたときと今はなき方々を偲《しの》んで、盃を交わすのもよろしいのではありませんか」

そして、「ねえ、重吉さん」と、一方の重吉へ目配せをした。

「それはいいですね。昔を偲《しの》んで、三人でやりやしょう。わき目もふらず走り続けて、碌《ろく》なこともなさず、歳ばかりを重ねてきやした。おれも、もう歳だ。くたびれやした。竹川さん、失礼して膝をくずさせていただきやすよ」

重吉が足を胡坐《あぐら》に組み替えつつ、日焼けした顔に落ちつきなく光る目を、竹川へ投げた。端座して膝に手をおいた竹川は、姿勢をくずさず「どうぞ……」と穏やかにかえした。

勘八は重吉が胡坐になるのを、横目に見て言った。

「重吉さんもわたしも、五十代の半ばをすぎました。お互い、歳をとりましたな。膝が動かぬ、腰が痛い、肩が上がらぬ、と近ごろは同年配の者と会えばそんな話ばかりです。まったく、歳をとるのは面白いことではありませんな」

「まことにもって。ところで竹川さんはお幾つに、なられやしたんで？」

重吉が竹川へ向いた。

「幾つになったか忘れてしまうくらいに、歳をとった。たぶん六十三ぐらいかな。年が明け春がくれば、六十四に相なり申す。春がくれば、の話だが」

竹川の目元を刻んだ深い皺が、物憂げな笑みを作った。

「けれども、竹川さんはさすがにお侍。そのお歳になってもむだな肉がなく、均整のとれた身体をなさっておられます。やはりわれらとは、鍛え方が違うのですな」

「それはそうでしょう。なんたって、越後の名門榊原家の剣術指南のお家柄だ。少しお痩せになられやしたが、昔の面影が偲ばれやすねえ」

「鍛えたなどと、とんでもない。自堕落《じだらく》な暮らしが祟《たた》ってと言うか、いろいろあって、江戸勤番を解かれ国元へ戻されました。祖父と父が遺した家名にすがってただ生き長らえただけです。今はもう隠居の身。肉のつく体力も失せました。お二方の方が身体つきと言い気迫と言い、はるかに力が漲《みなぎ》っておられる。五十代半ばなど、まだまだ老いをかこつ歳ではありません。わたしのような老いぼれとは違う」

「とかなんとか仰りながら、国元には歳若い側女《そばめ》とお孫さまと同じ歳のお子さまがお帰りをお待ちなんじゃ、ねえんでやすか」

「そうそう。案外、お盛んだったりしてな」

あはは……

勘八が、部屋の外へ漏れそうな甲高《かんだか》い笑い声をまいた。

「わたしは妻《めと》を娶らず、むろん子もなさず、近しき縁者もおらぬ。剣術指南のお役目は、十年以上前にわが門弟の最も優れた者に譲り、わたしは隠居の身となった。城下から離れた里山《さとやま》に庵《いおり》を結んで、独居の身に安んじておった。つまらぬわが身など、人知れず里山に朽《く》ち果ててもよいと、思っておったからです」

勘八は重吉と顔を見合わせた。

重吉は煙草《たばこ》入れから鉈豆煙管《なたまめギセル》をとり出し刻みを詰め、火鉢の炭火をつけた。

「ま、お待ちを。寒さが堪えます。炭と酒を持ってまいりますので。三十年ぶりに三人で酒を酌み交わし、昔を偲びながら温まりましょう」

「わたしはこの茶でけっこうだ。長い間江戸を離れておったため、水が合わぬようなのだ。ここのところ腹の具合がよろしくない。お二方《ふたかた》で何とぞ」

「おや、腹の具合が。越後の清らかな水に慣れた方には、確かに江戸の水は合わぬかもしれませんね。それでもまあ、よろしいではありませんか。ほんの舐めるだけでも、おつき合いください」

うちの者はもう休んでおりますので――と、勘八が自ら火鉢に新しい炭をつぎ足し、簡単な酒の支度を整えた。

湯気のたつ鉄瓶で銚子を暖め、肴は「ほんの、有り合わせの」といった、炙《あぶ》った小魚の干物に炒《い》り豆、香《こう》の物だった。勘八と重吉は胡坐をかいて、銚子を差しされつ、

「ああ、美味《うめ》え」

「寒いときに熱燗《あつかん》は堪えられねえ」

と言い合い、盃を重ねた。

竹川にも差すのを、竹川は熱燗の盃をひと舐めしただけで手で制し、膝の上で一

杯の酒すら持てあました。

「酒はいい。いい心持ちにさせられ、人の世の憂さを忘れさせてくれます」

「まったく、同感でやす。いい心持ちになることが、供養《くよう》になり、寿《ことほ》ぎになるんでやすよ。だからみな、めでたい席で呑み、弔《とむら》いの席で呑むんでやすね。そうじゃありやせんか、竹川さん」

竹川は重吉へ微笑みをかえし、盃を膳へおいた。すると勘八が、

「竹川さんのお気持ちは、よおくわかっております」

と、ぼそり、ぼそり、言い始めたのだった。

「わたしらも、ごくごく人並みな性根を持った弱い人間です。自分が何ほどの者で何ほどのことができ、自分ごときの命に何ほどの意味があるのか、考えないわけではありませんからね。けれども、この歳になって考えたところで、いい考えなど、何ひとつ浮かびはいたしません。重吉さんも、そうでしょう」

　ふむふむ、と重吉は頷いている。

「後悔先にたたずと申します。わたしどもも神罰《しんばつ》を恐れぬ者ではないし、竹川さんの苦しみは、わたしどもの苦しみでもあります。あれから三十年、欠かさず仏壇に燈明《とうみょう》を灯《とも》して、ただひたすら許しを請《こ》うて祈る日々でした。竹川さんがそのお歳

になられて供もお連れにならず、ただひとり越後の国元からはるばる江戸へ旅をなされた一念は、とても尊いお志《こころざし》と、わたしらにはわかっております」

勘八は、盃を勢いよくあおった。重吉が銚子をかたむけ、勘八は、

「ああ、重吉さん、ありがとう」

と、頭を低くした。

「ですが、竹川さん。三十年というときは、あまりに長い。人の性根が変わり、境遇が変わり、事情が変わり、世の中が変わり、ときの流れは無常の働きをするものですよ。これは仕方がないのです。たとえば、この花林は表だってはすでに倅が継いでおり、わたしは隠居の身です。倅はまだ未熟者ですが、いずれ倅がお客さまのお役にたてるよう、花林をきり盛りしていくことになりましょう」

「うちだってそうだ。洲本屋を継ぐ倅が、店頭としていずれは大新地を守っていかなきゃならねえ。女郎衆が心おきなく稼ぎ、客が安心して遊べるように、誰かが務めなきゃあならねえ。その務めを、十年もすりゃあ倅がおれに代わって務めるんでやすから」

重吉が勘八に続いた。

「わたしが言いたいのはですね、竹川さん。わたしたちの三十年は、倅たちの三十

年ではない、ということなのです。うちで働く使用人、花林をご利用いただいているお客さま、そしてむろん、洲本屋さんの倅や若い衆らの三十年ではない、ということなのです。なぜなら、わたしらの三十年はすぎ去ってしまったのですから。すぎ去ったときは、戻ってはこないのです、竹川さん」

重吉は勘八の言葉に一々頷きつつ、盃を重ねている。

「わたしどもにも、支度があります。繰りかえしますが、竹川さんのお志はわかっております。ですが、その支度のため今少々、猶予《ゆうよ》をいただきたいのです。いえ。決して逃げも隠れもいたしません。重吉さんだってそうですよ」

「あ？　ああ、そうでやすとも」

「長くはお待たせいたしません。支度が整い次第、お伝えします。どうか信じてください。古い仲間ではありませんか。どうぞ、わたしの酒を受けてください」

勘八が銚子を持って竹川へ差し出した。

竹川は勘八の差した酒を受け、酒が盃から数滴こぼれ落ちた。

「そうではないのだ、勘八さん、重吉親分……」

と言って、盃をおいた。

「墓場まで持っていくつもりだった。だが、それはできない。この歳になって、ようやくわかった。なぜ、何がわかったのか、それはわたしの身の覚えであって、あんたたちにはかかわりがない。この三十年、苦しんだ。一日とて、心の休まる日はなかった。それを終わらせるときがきた。だから、終わらせる」

「ですから、それはわたしらも同じなのです」

「勘八さん、重吉親分、あんたたちの名を出すことはいっさいない。わが身ひとりの仕業《しわざ》として身を処するつもりだ。わが言葉に二言《にごん》はない。信じてくれ。わたしはわが定めに、従わねばならぬ。勘八さんが言った通り、三十年は長すぎた。幕を下ろさねばならないときがきたのだ」

勘八と重吉は、盃を持った手を止め、竹川をじっと見つめた。

夜更けの四ツ（午後十時）すぎ、竹川ひとりが先に馬喰町の宿へ戻っていった。

竹川を見送ってから、居室に残った主人の勘八と重吉の酒が続いていた。一刻がたって、火の番の鉄杖が、また聞こえてきた。

竹川が帰り、勘八の顔つきは急に険しくなっていた。重吉に酌をし、自分の盃にもついで、続けざまにあおった。

重吉は尖った頰をゆるめ、顔つきの変わった勘八を見守った。

「老いぼれが、どこぞ具合が悪いんじゃねえか。ずいぶん痩せていやがった」

勘八の言葉遣いは、銭屋《花林》を営む商人のそれではない。

「確かに、ずいぶんと具合が悪そうに見えた。酒はいっさい呑んじゃいねえ。あれは呑まねえんじゃねえ。呑めねえんだぜ。案外、先が長くねえ。だから覚悟を決めて、江戸へ出てきたのかもな」

重吉が勘八に答えた。

「と言って、野郎が具合よくくたばるのを待っているわけにはいかねえぜ」

と、勘八はいっそう声を低くして凄ませた。

「くそが。今さら、遠い昔の一件を蒸《む》しかえして、なんの狙いがあるってんだ。馬鹿ばかしいにもほどがあるぜ。おれたちの名を出すことはいっさいねえだと。幕を下ろすときがきただと。餓鬼みたいに、冗談じゃねえ」

「勘八よ、竹川の言うことなんぞ信用ならねえ。野郎の思う通りにさせるわけにはいかねえんじゃねえか」

「ああ、あんなふざけた話が、真《ま》に受けられるかよ」

「どうする」

「どうするもこうするも、馬鹿なことはやめてくださいって、お願《ねげ》えするのさ」

「お願えする？」

戯《ざ》れて言った勘八を重吉は訝しみ、冷えた酒をひと舐めした。

はは……

勘八は鼻で笑った。

「お願えしてだめなら、老いぼれの口を塞ぐしかあるめえ。重吉、おめえ、亥《い》の堀《ほり》の捨蔵《すてぞう》に、金がかかってもいいから腕のたつのを集めさせろ。竹川は老いぼれだが油断がならねえ。捨蔵に後腐《あとくさ》れのねえよう、綺麗に始末させろ」

「わかった。すぐ手を打つが、ときを稼いでくれ」

重吉が鉄瓶の中の銚子をとり出し、湯気のたつ燗酒を勘八の盃にそそいだ。

「任せろ。だが急げよ」

「勘八、こういうのも久しぶりだな。なんだか、昔を思い出して、ちょいとぞくぞくするじゃねえか」

「危ない橋を渡っちゃあ博奕で擦《す》って、毎日ぴいぴいしてたが、あのころが一番面白かった。まだ若かったしよ」

二人は盃を上げたまま、声をそろえて笑った。

二人は今、本所元町の銭屋《花林》の主人であり、深川大新地の店頭だが、勘八は元は深川のしがない博徒《ばくと》であり、重吉は永代寺門前町あたりをうろつくけちな地廻りだった。

二人のやりとりの端々に、博徒と地廻りだったころの本性が露《あら》わになった。博徒と地廻りだったそのころ、二人は何かをやった。それが無頼漢だった二人のその後の三十年を変える、何かをだ。そしてもうひとり……

六

三日がたった。

その夜の四ツ半すぎ、天一郎は銀座町の水茶屋から築地川端《かわばた》の末成り屋の土蔵へ戻ってきた。

土蔵の表戸の明かりとりより、中の明かりが戸前に漏れていた。

まだ誰か残っているのか、それとも……

気にしながら土台の三段の石段を上がって、ふと、中の物音を聞き分けるため戸前に立ち止まった。

碌な家財道具もない土蔵に盗人《ぬすつと》が入る心配はないが、読売屋という稼業ゆえ、人の恨みを買うこともないではなかったから、寝るときに戸締りぐらいはするようになった。だが、誰かがいるときは錠前もかけない。

樫の表戸に手をかけ、ごろ、と二寸ほど開けた隙間から、天一郎の文机《ふづくえ》の前に端座したしのぶ髷に結った美鶴の姿が見えた。

戸の中からもれる明かりが、天一郎の白い吐息を寒々と照らした。

その白い吐息の向こうに、美鶴の凜とした痩身と、すっと健《すこ》やかにのびた背筋が見えていた。

行灯に明かりを灯して文机の傍らへおき、南部鉄の黒い火鉢へ片手をかざした影が、戸口に立った天一郎の足下近くまで届いた。

端座した膝のわきに大刀の朱鞘が、明かりを薄く撥ねかえしていた。

火鉢には鉄瓶が掛かって、やわらかな湯気を上げている。火鉢の傍らに、朱の盆に載せた急須《きゅうす》や茶碗がおいてあるのも見えた。

美鶴は自分で茶を淹《い》れて飲んでいるようだった。

先だっての夜、ひとりで土蔵へきたときは、炭火の熾し方や茶の淹れ方さえ知らず、冷えこんだ土蔵の中でやせ我慢をしていた。どうやら、火鉢に炭火を熾し、茶を自分で淹れるぐらいはできるようになったらしい。

ただ、天一郎の机の上の物を勝手に読んでいる。

また勝手に──と、天一郎は思った。

美鶴が戸口に立った天一郎を見かえり、何か用か、とまるで天一郎の方が訪問者みたいな顔つきを、臆《おく》せずに寄こした。これでは逆である。

しかし美鶴に見つめられると、一瞬、身がすくむ。

天一郎はそれを普段と変わらぬ素ぶりに隠して、樫の重たい引戸を閉じ、板床へ上がった。

火鉢を挟み、美鶴と対座した。その間、美鶴は天一郎から目をそらさない。天一郎が気恥ずかしくなる。これも逆である。

いらっしゃったのですか──と言った。

「遅かったではないか。酒臭い。誰と呑んでいた」

誰と呑もうと勝手だが、天一郎は答えることにした。

「南町《みなみまち》の初瀬《はつせ》十五郎《じゆうごろう》という定町廻《じようまちまわ》りのお役人と、銀座町で呑んでいたんですよ。読売種がいろいろ聞けましてね」

「南町の初瀬十五郎か。名前を聞いたことがある。腐れ役人だろう」

天一郎は噴き出した。

「誰に聞いたんですか。そりゃあ確かにつけ届けは欠かせませんし、今夜も末成り屋のおごりですがね。まあ、こういうことは持ちつ持たれつ、ですから。お役人ばかりを腐れと責めるわけにはいきません」

美鶴が、きゅっ、と紅《あか》く形のよい唇を結んだ。

「炭火がよく熾せましたね」

「簡単だ。この程度のことならやる気にさえなれば子供でもできる」

美鶴は茶碗を持ち上げ、形のいい唇へ近づけた。

「またわたしの文机の物を、勝手に読んでいるのですか」

「読んでは、だめなのか」

「だめとは申しませんが、わたしの恋文だったらどうしますか。出したままにしておかなくてよかった」

美鶴は、ふん、と澄まして相手にしなかった。

この冗談は二度目で、また言っている、という態度だった。

それから美鶴は茶碗を持ったまま、天一郎を見つめて何か考え事をした。

天一郎は戸惑った。無邪気《むじゃき》で遠慮がないから、やりにくい姫さまである。

「こんな夜更けにわざわざお見えなのですから、末成り屋の読売にまた何か申されたいことが見つかったのですか」

と、美鶴を促した。

「修斎と三流のことを、聞いた」

「和助から、聞きましたか」

「なぜ和助だとわかる」

「修斎と三流は、自分のことをわたしたち以外には、あまり話しませんから」

「お類が和助から聞き、お類から聞いたのだ。人はみな、それぞれに自分の荷物を抱えている。つらいこともあるのだろうな」

天一郎は美鶴をからかってやりたくなった。

「ならば美鶴さまは、どのような荷物をお抱えですか」

「気になるのか」

「いえ、別に……」

すると美鶴は茶碗を床へおいた。

「先日、訪ねてきた越後高田の竹川肇どのと天一郎の話が気になった。水月閑蔵という侍は御先手組の組頭だったのだな。気になって調べた」

「え、調べた？　水月閑蔵のことを調べたのですか」

「そうだ。天一郎の父親の水月閑蔵どのだ」

「なぜそんな勝手なことをするのです」

天一郎は少々語気《ごき》を強めた。

「なぜ？　いいではないか。天一郎は気にならぬから、わたしの抱えている荷物を知ろうとはせぬ。わたしは気になるから、知ろうと思った。だから調べた。それの何がおかしい？」

天一郎は言葉につまった。自分の理屈を無邪気に押しつけて妙にまっすぐなところが、憎めぬ姫さまである。

「三十年前、水月閑蔵どのは柳原堤《やなぎわらづつみ》で斬られた。あの出来事を知っている者、覚えている者が見つからず、調べるのに難儀した。みな年老いて、亡くなった方々もいる。それでも、水月閑蔵どのを覚えている者はみな、いい男だった、と口をそろえた。竹川肇どのが言ったようにな」

「ご自分で、調べられたのですか」

「お類の祖父さまの島本文左衛門の力を借りた。お類の祖父さまは、今は父の相談役だが、若いころからの酒井家の江戸勤番なのだ。それでわかった。水月閑蔵どのは無類に剣の腕がたち、組の者には慕われ、気性のさっぱりした江戸侍だったと

「……」

それから鉄瓶の白湯《さゆ》を急須にそそぎ、新しい茶を茶碗に淹れた。そして、

「天一郎、おまえも飲め」

と、茶碗を天一郎の膝の前へおいた。美鶴の、細く長い指が紋様《もんよう》のように細やかに動いていた。

「元御先手組だったある隠居から聞いた。閑蔵どのはよく遊んだが、御先手組の勤めを縮尻《しくじ》ったことはない。綺麗な遊び方をする人で、柳橋や両国、深川の盛り場で御先手組の水月閑蔵の名を知らぬ者はなく、流す浮き名が絶えなかった」

天一郎は母親の孝江《たかえ》から聞かされていた。

だが、黙って茶碗をとり、美鶴の淹れた温かな煎茶《せんちゃ》を含んだ。

「気だてがよく、愛嬌《あいきょう》があり、男前だったとも……天一郎、自分の父親の評判を知っていたか」

美鶴が自分の茶碗を上げて、天一郎を見つめた。

煎茶の香りが、古い土蔵の古い紙の臭いとまじっていた。

「いい気なもんです。傍《はた》からどう見えようと、傍からではなく、まっすぐ向き合っていた女房や子供にとっては、碌《ろく》な亭主ではなかったし、父親ではありません。顔

さえ覚えていない父親の評判なんて、今のわたしになんの意味がありますか」

「意味はある。だから、竹川どのは天一郎に会いにきたのではないか」

天一郎は、行灯の明かりが届かない暗い土蔵の紙の山へ目を遊ばせた。すっかり酔いは醒めていた。

「それから元御先手組の隠居が言ったのだ。水月閑蔵どのは柳原堤の夜道で多数の無頼漢に襲われ、落命したことになっているが、じつは違うのではないかという噂が、御先手組の間で一とき、ささやかれたそうだ」

美鶴は茶碗をおいて、さらに続けた。

「なぜなら、当時、亡骸《なきがら》を検視《けんし》した者によれば、水月閑蔵どのは刀を抜いていなかったそうだ。刀に戦った跡の刃こぼれさえなかったのだ。水月閑蔵どのほどの腕を持ちながら、いかに酔っていたところを不意《ふい》を襲われたとはいえ、刀も抜かず一合《いちごう》もせずむざむざ討たれるなど、あり得ない。顔見知りの騙《だま》し討ちに遭ったのではないか、とな」

「あちこちの盛り場で浮き名を流すような男なのです。顔見知りは大勢いたことでしょう。顔見知りに油断して、刀を抜かずに斬られたのなら、そいつは自業自得《じごうじとく》というものです」

「そう思うのか」

美鶴に見つめられ、天一郎は答えなかった。

胸苦しい沈黙のあと、天一郎はやっと言った。

「美鶴さま、もう九ツ《ここの》が近い。お屋敷までお送りします。お戻りください」

「よい。ひとりできたのだ。ひとりで帰る」

「ひとりで帰っていただくわけにはいきません。夜道は人に咎められます。あとの片づけはわたしがやります。お急ぎを」

「部屋住みでも旗本は旗本だ。旗本の身分より、読売屋の方がよかったのか」

美鶴は立ち上がらず、なおも言った。

「前にも申しました。部屋住みに捨てて惜しい身分はありません。いずれは捨てなければならなかった。読売屋になると心に決めて、旗本屋敷を出ました。よいか悪いかなど、あのときは考えもしなかった。ただそうしたかったし、そうするしかなかった。だからそうしたのです」

芝切通《きりどお》しの時《とき》の鐘《かね》が、師走の夜に真夜中の九ツを報《しら》せた。

土蔵の暗がりが時の鐘と共に押し寄せて、行灯の小さな明かりの中に向き合った天一郎と美鶴を閉じこめたかのようだった。

美鶴は立ち上がらなかった。天一郎を睨み、その目が少し怒っていた。怒れば怒るほど美しくなる。

厄介な姫さまだった。

第二章　嫌がらせ

一

翌日午前、木挽町六丁目の錦修斎と町芸者のお万智が暮らす裏店に、修斎の兄嫁の玉緒が訪ねてきた。

三十間堀の土手通りから、木挽町五丁目と六丁目の境の横町を六丁目へ入った裏店の、二階作りの割長屋《わりながや》である。

修斎は末成り屋の読売の仕事ばかりではなく、団扇絵《うちわえ》や読本《よみほん》の挿絵《さしえ》などの仕事も手がけている。少しずつ《錦修斎》の名が売れて、画料《がりょう》の稼ぎも増えてきたし、末成り屋の儲けもだんだんと出るようになっていた。

けれども、団扇絵の画料などせいぜいが二百文《もん》ほどで、未だお万智の町芸者の稼ぎを頼りにする暮らしである。

二階に四畳半と三畳の二部屋があって、四畳半を修斎の仕事場にあて、引違いの襖《ふすま》で隔てた三畳を二人の寝間に使っていた。

修斎の朝は早い。夜更けまで仕事をするのは、行灯の油代や蠟燭《ろうそく》代が馬鹿にならない。それに夜は末成り屋の仕事のあと、天一郎らと一杯やることが多いし……

修斎は朝の白々と明けゆく光を、束の間も逃がさぬよう仕事にかかる。

そのうちにお万智が起き出し、朝の支度にかかる。

五ツころ、二人でゆっくりめの朝ご飯をとる。ご飯を終えてから修斎は湯屋《ゆや》へいき、湯屋から帰って支度をして四ツ、末成り屋の土蔵へ出かける。

その刻限、手間取りの職人は暗いうちに出かけているし、表店の勤め人や手習《てならい》所《しょ》に通う子供らの姿もなく、井戸端で長屋のおかみさんたちが賑やかにお喋《しゃべ》りをしながら洗濯物などをしている。

中御徒町の御家人・中原専助の妻・玉緒が、若い下女をともなって路地に草履を鳴らしたのは、その刻限だった。

井戸端のおかみさんたちがお喋りを止《や》めて玉緒へいっせいにふり向くと、玉緒はおかみさんたちへ一礼して言った。

「卒《そっ》じながらお訊ねいたします。こちらに絵師の錦修斎と申される方のお店があると、うかがってまいりました。錦どののお店をご存じならば……」

ああ、修斎さんなら——と、ひとりのおかみさんが盥《たらい》の前から立ち上がって、襷で袖を絞った太い腕をかざした。

台所の土間で片づけをしていたお万智は、路地の声を聞きつけ、「おや？」と、表戸の腰高障子をそっと開けた。

井戸端で近所のおかみさんにものを訊ねている様子の、武家と思われる女とお万智の目が合った。おかみさんたちもお万智を見て、ひとりのおかみさんがお万智を指差し女に何か言った。

女が井戸端からお万智へお辞儀をしたので、お万智も女へ腰を折った。

湯屋より戻った修斎は、二階で勤めに出かける支度にかかっていた。

そこへ、とんとん……と、軽快に階段を鳴らし、お万智が上がってきた。

「あんた、お客さんだよ」

と、お万智は小声で言った。

御用聞きとか板元の手代なら、階段の下から元気のよい声で、「あんたあっ、お客さあん」と呼ぶ。

しかしその客は違った。

「中原のご実家の、お内儀《ないぎ》さまだよ」

お万智は羽織を羽織っている修斎を手伝いながら、声をひそめた。

六尺を超える修斎の背丈に比べて、お万智は五尺二寸ほどと小柄である。

目がくるりと愛嬌のある色白の丸顔で、きれ長の目が鋭く頬のこけた無愛想な修斎と、顔つきでもずいぶん違う。

お万智は白粉は薄くしか塗らず、真っ赤に燃える唇と目尻に刷いた朱、眉を般若《はんにゃ》のように描いた化粧で座敷に上がり、魔物めいた妖《あや》しさがあると、土手通りの水茶屋や船宿、尾張町《おわりちょう》や銀座町などの料亭の客の間で評判の町芸者だった。

物心ついてからすぐに、同じく町芸者だった母親に三味線長唄、踊り、太鼓に鉦《かね》を仕こまれ、八つの歳から母親と一緒にお座敷に上がっていた。

母親が上州《じょうしゅう》の大百姓に落籍《ひか》されて上州にこもってからは、ひとりで芸者稼業を務め、お万智なら今にお金持ちの旦那がつくだろうととり沙汰されるほどの人気だったのが、五年前の十九のとき、突然、貧乏絵師の修斎と所帯を持ってしまった。

なんであんな男と、お万智は貧乏籤《くじ》を引いちゃったね、と同じ木挽町や三十間堀町の町芸者仲間に散々言われたが、お万智は、

「しょうがないよ。惚れちゃったんだもの」

と、気にするふうもなかった。

五年がたって二十四になった今も、町芸者の稼ぎで売れない絵師の修斎を支えつつ、それなりにしっかり者の女房役をこなしている。

そのお万智が、お武家のお内儀さまとか奥方《おくがた》さまとかになると身分の違いに気後《きおく》れを覚えるのか、少々不安げに修斎を見上げていた。だが修斎の方は、

「うん？ 義姉《ねえ》さんが見えているのか。下に？ ほお、何事だろう」

と、のどかな素ぶりで、お万智の不安など頓着《とんちゃく》なしである。ひょろ、と高い背を丸めて階段を下り、

「義姉上《あねうえ》、このようなむさ苦しいところへわざわざ……」

と、四畳半に目を伏せている玉緒に対座し、侍言葉で言った。

お万智が茶の用意をしている間、玉緒は先日の道助の葬儀に参列した礼や、そのあとの席で修斎にあった無礼を詫び、下女が携えた菓子折りを差し出した。

「いえ、気になさらず。これは遠慮なく頂戴いたします」

修斎がそう言ったところへ、お万智が茶碗を運んできて、玉緒、下女、そして修斎の前へおいた。

「義姉上、わが女房のお万智です。お見知りおきをお願いいたします。こちらは専助兄さんの……道助さんの母上だ」

修斎が玉緒とお万智のそれぞれに言った。

お万智は畳に手をつき、「万智でございます。お初にお目にかかります。このたびは道助さまの……」と、悔みを述べ、玉緒は「先日は倅・道助がお世話になり……」とあれこれかえしたあと、修斎がやおら、きり出した。

「義姉上、中御徒町からここまでは遠い道のりです。そこをわざわざこられたのですから、余程の事情があるのではありませんか。用件をうかがいましょう」

はい——と、玉緒は目を伏せ、しばしきり出すのを逡巡《しゅんじゅん》した。しかし、

「わたし、ちょいと用をすませます」

と、お万智が気を働かせて座をはずそうとするのを、玉緒は止めた。

「どうか、お万智さんにもお聞き願いたいのです。このようなことを修三郎さんにお頼みするのは筋違《すじちが》いですし、もしもお万智さんが反対なら、お頼みするわけにいかないと承知しております。それを承知したうえで本日、修三郎さんにお頼みするため、厚かましくもおうかがいいたしたのです」

玉緒は苦しげな言いわけを先に述べた。

修斎は、お万智の助けで兄の専助に用だてた金の返済の件か、あるいは新たな借金の頼みかな、と勘繰《かんぐ》った。もしそうなら、もうお万智は無理だし、末成り屋はあてにできない。玄の市の師匠に頼んでみるか、と考えを廻らせた。

「先だっての、道助の葬儀のあとの席で話に出ました相手の旗本の支配役へ、わが家から訴える件についてなのです」

と、玉緒がきり出した話は、借金の用件とは違っていた。

「わたしの出る幕はありませんが、気にはなっておりました。事は進んでおりますか。相手の旗本はどういう対応をとってきましたか」

修斎は先だっての、道助の葬儀のあとの席で父親の伊右衛門や叔父の近藤留助に激しくなじられた一件を思い出して言った。

すると、玉緒はうな垂れ、黙って首を横にふった。

「ああ、旗本の方ではしらばくれているのですね。相手は新番衆の六百石から八百石どりの家柄で、御家人との身分の差を盾に相手にしない腹なのでしょう。たぶん、支配役も御家人ごときが、と思っているのです。支配役に訴えて埒が明かなければ評定所へ訴え出るのでしたね。そこで決着を図るしかないのか」

だが、玉緒は顔を上げぬまま、また首を横にふった。

ふむ、どうした？　と修斎は玉緒の素ぶりを訝しく思った。

「もしかしたら、旗本から逆に嫌がらせを受けたのですか」

顔を上げた玉緒の目に、苛《いら》だちが見えた。

「修三郎さん、そうではないのです。じつは、相手の嫌がらせも何も、義父《ちち》も夫もまだ訴え出てはいないのです」

「ほお。評定所に訴え出ることを、ためらっているのですか。まさか、御家人が旗本相手に、事態をそこまで大きくするのは、と臆しているのではないでしょうね。ですが、それを臆しているようでは、道助は浮かばれませんよ」

修斎も、あれだけ言っておきながら今さら何をためらう、と父や兄の中途半端な対応に歯がゆさを覚えた。ところが、

「そうではないのです」

と、玉緒が語調を強めて繰りかえした。

「お義父《とう》さまも夫も評定所どころか、旗本の支配役にさえ訴え出てはいないのです。葬儀の翌日、支配役の組頭の屋敷へいくものと思っていましたら、一向にその気配はなく、二人でひそかに終日、話し合いをしているのです。一昨日も同じなので、一昨日の夜食の折り、夫に組頭にはいつ訴え出るのか訊ねますと、夫が何も答えな

いのです。お義父さまに質《ただ》しますと、今考えておる、と眉をひそめて仰るのです」

「考えておる？　父上と兄上は何を考えておるのですか」

「わかりませんでした。わたしが何をお考えなのですか、とさらに質しますと、お義父さまはお答えにならず、夫が、事はそう単純ではないのだ、と言ったのです。そしたらお義母《かあ》さまが、相手のお旗本は六百石と八百石の新番衆のお家柄で、うちとは家格が違いすぎますからね、と意味ありげに呟《つぶや》かれたではありませんか」

「旗本の倅らのふる舞いには咎がある、非難に値する、ゆえに武士としての公正なる処断を求め訴えるのですから、家格はかかわりがありません」

玉緒は急に涙ぐんで、頷いた。

「あのとき、まさか、と思いました。胸の中がかあっと熱くなって、身体の震えが抑えられませんでした。それでわかったんです。夫もお義父さまも、家格の違う旗本と事をかまえて、身分の低い御家人のわが家が逆に不届きとお叱りを受けるのではないか、今のお役目を縮尻《しくじ》るのではないか、と恐れているのです。わたくし、思わず、手にしていた箸を夫に投げつけてしまいました」

「おお、箸を、兄上にですか」

修斎は腕組みをした。玉緒は鼻を、しゅん、と言わせ続けた。

「夫を罵ってしまいました。道助が、愛《いと》しいわが子が、殺されたのですよ。あなたはそれを黙って見すごす気ですか、と。すると夫は、だから今考えておるのだ、と言うのです。自分の子を殺されて今さら何を考えるのですか、それでも侍ですか、と言いかえしましたら、お義父さまが、うろたえるな、己をわきまえよ、とわたくしにお怒りになって……」

お万智が修斎の隣で小柄な肩をすぼめている。

「葬儀のあとの席で、お義父さまが修三郎さんを責めて、修三郎さんが言いかえされたときに、近藤の留助さんが、黙れ、と修三郎さんを怒鳴られました。修三郎さんは、とめる相手はわたしではない、と仰いましたね。あのときわたくしは、修三郎さんがただ言いかえされたばかりとしか考えず、留助さんに仰っていた道理がわかっていませんでした」

「あんた、道助さんのご葬儀で、何かあったの？」

お万智がそっと訊いた。

「うん？　大したことではない。少し言い合いがあっただけだ」

玉緒はお万智へ、潤んだ目を申しわけなさそうに向けた。そして修斎へ戻し、

「けれど、一昨日の晩、お義父さまに怒鳴られて、葬儀の席で修三郎さんの言いか

えされた道理がわかりました」

と、頬を伝う涙をぬぐいつつ続けた。

「怒鳴る相手はわたくしとは違うのに、怒鳴られるのはわたくしなのです。こういうことだったのか、とわかりました。お義父さまも夫も、わたくしには怒鳴っても、道助を死なせた旗本には沈黙するのです。人の世は、理不尽《りふじん》とか、筋違いとか、二言とかがまかり通り、道理が通るとは限らないのですね。立場の弱い沢山の人が同じ目に遭っているのだろうな、と気づかされました」

「父上も兄上も、旗本に比べると立場の弱い御家人です。立場の弱さに怖気《おじけ》づくことはあります。それが理不尽だと、筋違いで二言だとわかっているから、よけいに道理を言う義姉上を怒鳴るのです。わきまえよとは都合がいい。わきまえはいつも立場の弱い相手にふりかざされます」

「道助を、倅や孫を失ってでもですか。侍とは、そんな者なのですか」

玉緒の声がか細くなった。修斎はうなった。

「叔父上はどうですか。父上同様、ずいぶん強硬だった。叔父上に相談されてみるのは……」

「じつは昨日、近藤留助さんの組屋敷を訪ね、力を貸してほしいと頼んだのです。

でも留助さんは、道助にも落ち度があるかもしれぬからとか、相手の旗本は家禄六百石と八百石の新番衆で、幕閣にも顔が広いとか、大人の対応をせよとかばかり仰って、修三郎さんに盃を投げつけた気勢はまったく影をひそめていました」

「だめですか……」

「それでも侍かとか、腹をきれなどと、言っていた人たちは侍なのだろうか。ならば、侍とはなんなのだろう。どういう人たちなのだろう。昨日、留助さんの組屋敷からの帰り道、修三郎さんが仰っていた道理を考えていました。侍にもいろいろあると、仰いましたね。修三郎さん、身分が侍を作るのではなく、志が侍を、人を作るのですね」

修三郎は答えられず、お万智は肩をすぼめていた。

「お義父さまや夫はあてになりません。わたくしがやるしかないのです。わたしがやらなければ、誰が道助の無念をはらせるでしょうか。修三郎さんは、読売屋にもいろいろあるとも仰いました。いろいろあるなら、いろいろな人をご存じなのでしょう。末成り屋さんのお仲間は、みなさん部屋住みの身分でも、元は旗本や御家人の方々だと、仰っていましたし」

「ええ、まあ……」

「以前聞いたことがあります。世の中には表と裏があって、人の恨みを晴らしたり仕かえしをしたりをする役割をお金で引き受ける生業《なりわい》の者が、裏の世にいるそうですね。わたしは作り話だろうと思っていましたが、修三郎さんがご存じなら、そういう人たちを教えてほしいのです。お侍だろうとやくざだろうと、身分素性はかまいません。お金のためならという腕利きの方を、ご紹介いただきたいのです」

「義姉上、何を考えているのです」

「旗本の倅たちを討ちます。助っ人をお願いしたいのです。お金は作ります。着物や嫁入り道具を売り払いますし、道助と節のために残していた持参金もあります」

修斎とお万智は、呆れて顔を見合わせた。

この時代、妻の嫁入り道具や持参金は妻の個人資産である。

玉緒は涙をぬぐい、後ろに控えている若い下女も主人の意図を知っているのか、驚きもせずうな垂れている。

「わたしへの頼みとは、それですか」

玉緒はこくりと頷いた。

「そういう生業の者を捜すことはできます。ですが、碌な者はおりませんよ」

「よいのです。代わりに戦ってほしいのではありません。武芸には多少覚えがあります。ほんの少し、わたくしの手助けをしてくれればよいのです」

「仮に事をなしえても、義姉上は間違いなくお上より厳しい処罰を受けます。中原家にも累《るい》がおよぶでしょう」

「すべては覚悟のうえです。道助の無念を晴らさずに残す値打ちなど、中原の家名にはありません。ただ、こんなことをお願いして、もしかして修三郎さんにご迷惑がかかったらつらい。修三郎さんも屋敷は出られていても、中原家の方ですし……」

「わたしのことなどいいのです。それより、節はどうするのです。節の身の上を巻きこむことになるのですよ」

「節は賢い子です。来年、十歳になります。わけを話せばわかってくれます。一緒にいきたいと言うなら、節も連れていきます」

「そんな馬鹿な。何を言うのです」

修斎は思わず声を荒《あら》げた。

玉緒は止めどなくあふれ出す涙を懐紙《かいし》でぬぐっていたが、懐紙はもうくしゃくしゃになっていた。お万智が見かねて、

「お内儀さま、これ、新しい手拭《てぬぐい》です。どうぞ、お使いください」

と、西本願寺に商売繁盛を願って奉納した水玉模様の手拭を差し出した。

ありがとう、ありがとう——玉緒は繰りかえし、手拭で顔を覆った。

「あんた……」

どうするの？　とお万智の目が修斎に問いかけていた。

修斎は考えこみ、沈黙が続いた。顔つきが険しくなっていた。

井戸端のおかみさんらの笑い声が聞こえてきた。

「義姉上、旗本の倅らをどうしても討たなければ、道助の無念をはらせませんか。でなければ、道助を死にいたらしめた倅らを許せませんか」

玉緒は手拭で顔を覆ったまま、動かなかった。

「倅らや、あるいは相手の旗本の家から、自分たちの非を認め、咎に見合うきちんとした偽りのない詫びが認められたなら、それで終わりにする、というわけにはいきませんか。もしそれなら、と思われるのであれば……」

修斎の言葉に、玉緒が潤んだ目だけを出し、修斎との間の畳へ落とした。

「まず、わたしにやらせてくれませんか。わたしがやってみて、まるで話にならなければ、最後に義姉上の思う手だてでやるというのでは？」

「あんた……」

お万智が心配そうに修斎を見上げた。

「相手は気も荒いし気位《きぐらい》も高い番方《ばんかた》だが、中原家への対応を見る限り、道助をいじめて死なせた事情がわかっていながら、倅らを庇って不慮《ふりょ》の災難ですまそうとしている。旗本の身分に頼っているが、骨のある侍のふる舞いとは思えない。身分ではなく、人と人とのぶつかり合いに持ちこめば、なんとかなる」

修斎は背中に垂らした長い髪のほつれをなおしつつ、答えた。

「うんうん、だ、大丈夫だよね。あんたなら、やれるよ。やっておやりよ」

お万智が自分の不安を抑えるかのように、修斎を懸命に励ました。

二

修斎は言ったものの、確かな目算があったわけではなかった。

必死の覚悟を決めている玉緒の気持ちと、修斎も同じだった。中原家の中で、「道助」「叔父上」と唯一親しく接した甥のために、何かがしたかった。

道助の供養のために、自分でもやれるだけのことをやらないと気がすまない、という気持ちだった。

お万智に末成り屋へ事情を伝えにいく使いを頼んで、修斎は久方ぶりに紺羽織に鈍色《にびいろ》の小倉袴《こくらばかま》を着け、菅笠《すげがさ》をかぶって店を出た。

町絵師らしく、無刀である。

船を使うため木挽橋の河岸場《かしば》へ向かったが、お万智はひどく心配して河岸場まで見送りにきた。

「心配はいらない。争うためにいくのではない。だから無腰なのさ」

修斎は両手を広げて見せ、お万智をなだめた。

表二番町は、木挽町からはほぼお城の反対側、乾《いぬい》の方角になる。

木挽橋の河岸場から猪牙《ちょき》を頼んで飯田町《いいだまち》の堀留《ほりどめ》までいき、そこから番町方面への坂道をのぼった。

日差しはあったが、武家屋敷地の道は森閑として、師走の寒さが身に染みた。

新番衆旗本・高木左門《たかぎさもん》の屋敷は、表二番町の通りの南側の一画に、家禄八百石の長屋門《ながやもん》をかまえていた。

石ころだらけの道に人通りはなかった。土塀内の葉を落とした裸の樹木が、白い冬空を背に無愛想な枝を塀の外へのばしていた。

鳥のさえずりはなく、犬の鳴き声も聞こえず、大股に歩む修斎の草履の音ばかりが、不安げに静寂を破った。

六尺を超える背丈を丸め、菅笠に隠れた頭部から紺羽織の背中へ元結で結って垂らした髪の風貌は、武家屋敷地には似合わない怪しさを漂わせていた。

高木家の長屋門に門番所はなかった。

修斎は門扉を叩き、「お頼み申す」と、二度声を門内へ投げたが、屋敷は静まりかえったままだった。

応答がないため、脇の小門をくぐって邸内へ踏み入った。

八百石の旗本屋敷らしく、前庭の灌木《かんぼく》の間に敷石《しきいし》が数間先の玄関へ通じ、式台の先の玄関の間は、両開きらしき二枚の明障子が閉じてあった。

修斎は菅笠をとって案内を乞うたが、やはり応答はなかった。

お頼み申す……

再び声を邸内へ響かせたとき、玄関の間の明障子がそっと開けられた。

若党《わかとう》らしき無腰の者が跪《ひざまず》いて、一礼した修斎の風貌を訝りつつ言った。

「どちらさまでしょうか。ご用件をおうかがいいたします」

「中御徒町の御家人・中原専助の所縁《ゆかり》ある者にて、中原修三郎と申します。ゆえあってただ今は木挽町の裏店に居住いたし、錦修斎の名にて町絵師を生業にしておる者でございます。御公儀新番衆・高木左門さまにお目通りを願いたく、まかり越しました。おとり次ぎをお願いいたします」

「中御徒町の御家人・中原専助どの所縁の？　中原修三郎、どのが町絵師の錦修斎と名乗られ、木挽町の裏店に居住されておられるのですか」

「さようです」

「中御徒町の中原家は存じております。して、中原家に所縁とはどのような」

「はい。中原専助はわが兄でございます。本来ならば中原家の厄介の身でありますが、十二年前、絵師の修業のために屋敷を出、絵師として身をたてつつ町地で暮らし、今なお修業を続けておる境遇でございます」

「中原家から、分家、あるいは独立をなされたということなのですか」

「まあ、そのような」

そのような？――と、若党は訝しんだ。

分家や独立にはいろいろと手続きがいる。厄介、すなわち嫡男以外の部屋住みの者が武家の中で生きづらい世になっており、殊に身分の低い御家人の場合、屋敷を出ることにあまり厳しい詮索はなされなくなっていた。

そのためか、若党はそれ以上は訊ねなかった。

束の間、小首をかしげて考え、「では……」と、応対を進めた。

「本日、わが主《あるじ》へのお訪ねは、前以《まえも》ってのお約束をとられたのでしょうか。あるいは、前以ってのお約束でなければ、どなたかの添状をお持ちでしょうか」

「いえ。約束も添状もございません」

「お約束がないのであれば、出直されて改めてお約束をおとりいただくか、相応の方の添状、紹介状などのご用意を願います」

若党は修斎の訪問を、迷惑そうに言いかえした。

「突然、お訪ねいたしましたご無礼の段、重々承知いたしております。わたくし、本日は中原家の使いでお訪ねしたのではございません。先だって、わが甥・中原道助が理不尽なる死にいたり、その理不尽なる死にいたる主たる原因が、ご当家・高木家ご嫡男・喜一郎《きいちろう》さま、小倉《おぐら》家ご嫡男・新十郎《しんじゅうろう》さま、相地《おうち》家ご嫡男・鉄之進《てつのしん》さまのわが甥・道助への不当なる威圧、不当なる言いがかりにございました」

修斎は六尺の身を反らし、努めて冷静に言った。

「それゆえわたくしは、中原家とはかかわりなく、わが甥・道助の一己《いっこ》の肉親として、高木左門さまは高木家ご当主としてご嫡男・喜一郎さまの咎《とがめ》、処罰、ならびに道助遺族への詫びを、どのように計らわれるおつもりか、おうかがいいたすため、まかり越した次第です」

若党は眉をひそめて修斎を睨んだ。

「一己の肉親としてなら個々の事情に相なります。武家はお家とお家とのかかわりを結んでおりますゆえ、一己の方が個々の事情のために当家を訪ねられるというのは、筋違いかと思われますが」

「まことにその通りでございます。ですが、わたくしのごとき身分低き者が、お旗本の高木左門さまに一己の身としてお目通りが叶うはずはなく、またご当家相応の方々の添状をいただく手だてもございません。やむを得ず、このような形でお訪ねいたした次第でございます」

「そうであれば、こちらは当家表玄関でございます。どうぞ、勝手口の方へお廻りくだされ」

「勝手口からお訪ねしてご当主・高木左門さまにおとり次ぎ願うのは、いっそうご無礼になります。ひとりの命が理不尽にも失われたのでございます。勝手口からうかがう話ではございません。人は相身互《あいみたが》い。何とぞ、事情をお汲《く》みとりを願います」

「玄関先で、いきなり奇異《きい》なことを申されても困ります」

若党は応じなかったが、なぜか修斎を追いかえしもしなかった。しばらく動かず逡巡《しゅんじゅん》した。若党の態度には、高木家では中原家への今後の対応を内々に協議していた節がうかがえた。

道助の死について、中原家からいずれ何か動きがあると予期していたのだろう。無闇《むやみ》に追いかえさず、ひと通りは相手の意向を確かめよ、と命じられているのかもしれなかった。

だが、修斎のような者がいきなり訪ねてくるのは意想外だったらしく、そのため若党は戸惑っているのに違いなかった。

「少々お待ちを……」

やがて若党は言い残して、修斎の返事を待たず座をはずした。

修斎は突然、ぽつんと置いていかれたように待たされた。玄関前は冷えこんでいた。まるでときが止まったかのような静寂が、屋敷を包んでいた。

そのうち、黒看板を着た中間《ちゅうげん》らしき男が、灌木の向こうの中庭の方から顔を出した。建物の角に腕を組んで、修斎を見張るかのように佇んだ。

と、中間のわきに黒羽織に縞の半袴の侍が現われた。

侍と中間が言葉を交わし、中間が修斎の方を軽く指差した。

四十前後の年ごろの中背の侍だった。ひと重まぶたの目をまたたきもせず、修斎に向けていた。玄関の間に若党が戻ってきたらしい気配があったが、若党は障子の陰に隠れて顔を見せなかった。

中間と言葉を交わしていた侍は、中間を残し、灌木の間を抜けて修斎に近づいてきた。そうして敷石に立った。

「当家の用人《ようにん》を務める小曽根陸奥之助《こそねむつのすけ》だ」

と、玄関前で礼をした修斎に言った。

侍の日焼けした顔にほくろが目だった。

怪しげな風体のわけのわからぬ絵師など、玄関で対応するまでもなく立ち話で十分という扱いだった。

「主《あるじ》は勤めのため登城《とじょう》いたしており、留守である。ただ今、そちらのご用向きはうかがったが、中原家とわが主とは、身分家柄、また御公儀にお仕えいたす役目柄、なんのかかわりもないゆえ、お答えすることは何もない。お引きとりなされ」

と、素っ気《そっけ》ない応対だった。

「先ほどの方に申しましたが、ご当家と中原家の身分家柄、役目柄の違いは承知いたしております。身分家柄、役目柄の違いを問うためにうかがったのではございません。昌平黌ご在学のご当家嫡男の喜一郎さまらの不当なるふる舞いによって、同じく昌平黌の学生《がくしょう》でありました中原道助が、先だって理不尽にも命を失いました。その一件の高木さまの始末をおうかがいいたすため、お訪ねいたしました」

修斎と二間ほど離れて向き合った小曽根は、修斎の背の高さに少し驚いているようだった。六尺を超えるような大男は、滅多にいない。

「わたくしは道助の叔父として、甥の理不尽な死が無念でなりません。喜一郎さまのふる舞いは、本来、喜一郎さまが罰せられるべきですが、喜一郎さまは今はまだご当家部屋住みの身でおられます。ゆえに、ご当主の高木左門さまが喜一郎さまに犯した咎の厳正なる処断をくだされるのが武家の習《なら》い。自らのふる舞いの責任を負わぬ者は、武士とは申せません」

「おぬし、中原家の者と聞いたが、刀も帯びておらぬゆえ、侍を捨てたのか」

「わたくしは未だ中原家の侍ではありますが、絵師の修業の身でありまた絵師を生業にいたしており、町家に暮らしております。それゆえ常日ごろより刀は差しておりません。本日、あえて刀を帯びておりませんのは、中原家とはかかわりなく、町絵師を生業とする一己の者としておうかがいいたしたゆえ、とお考え願います」

「武士の魂《たましい》すら帯びぬ者が武士であるはずがない。ここは、町絵師のような下賤《げせん》な者が表からくるところではない。裏へ廻れ、裏へ」

「武士の魂を帯びた喜一郎さまら三人が、刀も帯びぬひとりの年少の者を日ごろからいじめておられました。喜一郎さまらも未熟だとしても、道助はさらに二つ三つ年少であり、喜一郎さまらと比べれば力の差は明らかなのです。そんな年少者を喜一郎さまらは三人がかりで死なせた。それが武士の魂を帯びたものがすることでございますか。まさに卑怯《ひきょう》千万、武士にあらざるふる舞いと申さざるを得ません」

「無礼な口の利き方をするやつ。刀を持っておらぬからといって、容赦はせぬぞ」

玄関の間の明障子の陰で人の動く気配がした。

「ご無礼を申しました。身分なき町絵師でございます。お許しください。何とぞ小曽根さま、お察しいただきたいのです。わたくしは叔父として、わが甥の死を心より悲しんでおります。これが小曽根さまの甥御さまに起こった死であったなら、小曽根さまはどのように思われますか。肉親の不幸を悲しみ、また無念に思うのは、武士の魂を携える侍も身分なき町絵師も、同じでございます」

小曽根はほくろの多い顔を歪め、敷石に草履を鳴らした。

修斎を睨み、束の間の沈黙をおいた。

「おぬしの無礼は、中原家のわが家への無礼だ。一己の身としてなどと言い逃れをしても、武家には通用せぬ。心得ておけ」

「いたし方、ございません」

修斎は頭《こうべ》を垂れた。

「よかろう。武士の情けだ。教えてやる。中原道助なる者は、自らの愚かなるふる舞いゆえの子細《しさい》によって災難に遭い、死にいたったもの。本人以外、誰のせいでもない災難である。これは、中原道助が下敷きになった荷車を引いていた人足らから町方が聞きとり、確かめた明白なる事実だ」

「道助がそうふる舞わざるを得なかった、喜一郎さまらの意地悪、嫌がらせの事情は確かめられたのでございますか」

「それは同じ学生同士の戯れ。中原道助は自ら戯れがすぎ、年少と言えど武家のわきまえなくうろたえた愚かなふる舞いが、自らの災難となった。自業自得である。よって、高木家、小倉家、相地家共々、中原道助とは元々かかわりはなく、今後、三家がかの災難について、咎の処罰、遺族へ詫びなければならぬ筋合い、また中原家とのこれ以上のかかわりはいっさいない。そう心得よ」

「それは三家で談合をなされて、それでいく、と決められたのでございますか」

「事の子細を明らかにするため、三家の話し合いはあってしかるべきだろう。かの災難において、喜一郎さまらは中原道助に指一本触れてはおらぬ」

「どのように言い逃れても、いじめはございました。それゆえの災難でございます」

「おぬし、証拠があって言っておるのか」

「ございます。武士の魂が知っております。武士の魂にお聞きくだされば実事《じつじ》は明らかになります。偽りを申さず、自らの過失を隠さず、正義と公正を旨とし、己の行いに潔く責任をまっとうするのが武士の魂ではございませんか」

「下郎《げろう》が、知ったふうなことを。これ以上は目障りだ。失せろ」

小曽根が喚《わめ》いた。刀に手をかけている。

そのとき、玄関の間の明障子が両開きに開かれ、先ほどの若党が姿を見せた。

若党は二刀を帯びていた。

黒看板の中間が灌木の向こうから修斎を睨んでいた。

「争うためにきたのではありません。高木左門さまのこのたびの一件の始末を、うかがいたかっただけでございます。よくわかりました。これにて失礼」

修斎は六尺の身を翻し、大股の歩みの下に敷石を鳴らした。

三

昼八ツ（午後二時）すぎ、聖堂南往還《せいどうみなみおうかん》の通用門から御座敷講義を終えた旗本御家人の子弟らが、賑やかに出てきた。

旗本御家人らの子弟らに限る御座敷講義は毎月、四、七、九、の日に開かれ、朝五ツ（午前八時）に始まり昼八ツが終業である。

往還の南は神田川に臨み、対岸はお茶の水の高台《たかだい》である。湯島の学生が戯れに、《小赤壁》と呼ぶお茶の水の崖は、冬枯れた木々に覆われていた。

高台からは武家屋敷の屋根や土塀のつらなり、掛茶屋や稲荷《いなり》の屋根も見渡せた。

往還を東の昌平坂を下れば明神《みょうじん》下の昌平橋、御成道《おなりみち》の筋違《すじかい》御門、西の水戸《みと》屋敷の方へ下れば、水道橋《すいどうばし》から小石川《こいしかわ》御門へと出られる。

聖堂の通用門から南往還へ出てきた学生らが往還の東西に分かれ、あたりが再び静まったころ、高木喜一郎十六歳、小倉新十郎十六歳、相地鉄之進十五歳の三人が通用門より、だらだらとした足どりで往還へ出てきた。

三人は肩を並べ、水道橋の方へ往還をとった。

背丈は大人並みだが、元服《げんぷく》はまだすんでおらず、若衆髷《わかしゅ》の痩せた身体に学生らしく書物の風呂敷包みを提げ、それでも二本を堂々と差していた。

「喜一郎さん、新十郎さん、今日もまっすぐ帰るんですか。下富坂《しもとみさか》の丸太《まるた》屋をそろそろのぞいてみませんか。矢数一本一文でいつもの勝負、どうです？」

鉄之進が痤瘡《ざそう》ができたぶつぶつの赤ら顔をゆるませ、ませた口調で言った。

丸太屋は下富坂の丸太橋の近くにある矢場《やば》である。化粧の濃い大年増《おおどしま》の女将が営んでいて、赤い蹴出《けだ》しから肉づきのいい白い脛《はぎ》をとき折りちらつかせ、客を楽しませてくれる。

三人は昌平黌の帰り、丸太屋であたりの矢数を競う賭矢《かけや》を内会《うちかい》と称してやる。

と言っても、何文貸しね、何文借りだ、などと言い合うばかりの仲間うちの遊戯《あそび》に毛の生えた程度の賭博だが、そのあと、同じ下富坂の水茶屋・六角《ろっかく》で、茶屋女を相手に一杯やって帰るのが、お楽しみの道順だった。

湯島天神境内の女郎屋へ寄るほどにはまだ世慣れていないし、親からもらう小遣いだけでは女郎屋遊びには足りなかった。

「丸太屋か。だいぶいってないな。女将のむっちり脛を楽しみながら、久しぶりの内会を開きたいね。帰りは六角へ寄り道して、お久美《くみ》ちゃんの酌で軽く一杯、精《しょう》進《じん》落ちをやっていいころかもね」

新十郎が鉄之進へにやにやとかえした。

中原道助の一件が起こってから、いかがわしき場所にいくのは慎《つっし》め、と三人はそれぞれの親から厳重に戒《いまし》められていた。

「喜一郎さん、いきましょうよ。もう十分、自粛《じしゅく》したじゃないですか。だいたい、わたしらが手を出したわけじゃないのに、なんでわたしらが慎まなければならないのですか。理屈に合いませんよ。そうでしょう、新十郎さん」

「あれは中原道助が、武士とも思えぬ愚鈍《ぐどん》さゆえ自ら転び、自ら遭った災難だ。本人以外、誰のせいでもありはしない。しかるにわれらは昌平坂に居合わせ、中原の災難を一部始終見たというそれだけで自粛させられている。これではわれらが何か仕出かしたみたいではないか。おかしい。間違っている」

新十郎が同調した。

「そうですとも。喜一郎さんも間違っていると、思うでしょう」

「思うよ」

それまで口を出さなかった喜一郎が言った。

喜一郎は細面《ほそおもて》に色白の、一見、優男《やさおとこ》の風貌を気だるげに歪めた。そして、

「世間なんて、そうしたもんさ。筋の通らない理屈が、まかり通るからね」

と、わけ知りぶって顔つきをゆるませた。

「じゃあ、決まりだ。これから丸太屋へ寄り、そのあとは六角へ繰りこむ。久しぶりに楽しくやりましょう」

「よかろう。喜一郎、憂さ晴らしにいくぞ」

新十郎が、薄ら笑いを浮かべている喜一郎の肩を叩いたときだった。

「なんの憂さ晴らしだ」

いきなり背後から、低い声がかかった。

え？　と三人はいっせいに後ろをふりかえった。

菅笠をかぶった紺羽織の、見上げるばかりに背の高い男が、一間も離れぬすぐ後ろを歩んでいた。菅笠の下の顔は見えず刀を帯びていなかったが、町民とは思われなかった。

とにかく背が高い。背中を丸めて三人を見下ろし、背後の白い空が男の風貌を黒く染めていた。

そんな男がすぐ後ろを歩んでいたことに、三人はまったく気づかなかった。

三人は立ち止まって菅笠の男を見上げ、すぐには声が出せなかった。

神田川を跨《また》ぐ上水樋《じょうすいひ》まで、坂道をくだってきたあたりだった。坂道をくだった先に水道橋が架かり、北詰に辻番《つじばん》が見えていた。

「憂さ晴らしの話を聞かせてくれ」

男は言って、真ん中にいた新十郎の正面へ半間ほどに近づいたため、

「な、なんだ……」

と、新十郎は仰《の》け反《ぞ》るように、三歩下がった。

「何者、無礼なふる舞いは、ゆゆ、許さんぞ」

川端側の喜一郎がようやく言ったが、声が上ずっていた。

痤瘡面《ざそうづら》の鉄之進は喜一郎と新十郎の後ろへ退き、怯えた目を泳がせた。

男は、のそ、と大きな一歩を踏み出し、新十郎と隣の喜一郎を見比べた。

「高木喜一郎と小倉新十郎、おまえは相地鉄之進だな」

と言って、二人の影に身を縮めた鉄之進へ菅笠の下から眼差しを投げた。

「何者だ。名乗れっ」

喜一郎が半身になって睨んだが、少々腰が引けていた。

名乗れ、名乗れ……

と、新十郎と鉄之進が喜一郎を小声で真似た。

「中原道助の叔父・中原修三郎だ。先だって、おまえたちが一部始終見た災難に遭って命を落とした中原道助だ。おまえたち三人に、訊きたいことがある」

修斎が名乗ると、三人の顔つきが急に変わった。喜一郎と新十郎が、どうする、というような目配《めくば》せを交わした。

「侍ならなぜ刀を帯びておらぬ。おまえ、武士を騙《かた》る狼藉者《ろうぜきもの》だな」

喜一郎が講義の書物を包んだ風呂敷を捨て、刀の柄《つか》を握った。続いて、新十郎と鉄之進が書物の包みを捨て、身がまえた。

だが修斎には、三人の身がまえた形は腰が引けて見えた。この者ら、存外《ぞんがい》臆病者かもしれなかった。しかし、人を見下す気位は高そうで、いたずらに虚勢を張っている素ぶりだった。

「騙りではない。どう思おうとおまえたちの勝手だが、わたしは道助の叔父だ。おまえたち、日ごろより昌平黌においてわが甥・道助に意地悪を働き、苦しめ悩ませていたそうだな。あの日、道助をいじめるため昌平坂で言いがかりをつけ、おまえたちを恐れて逃げた道助を、おまえたちは追いかけた。そのため道助は坂下で災難に遭い命を落とした。おまえたちのせいだな」

「い、言いがかりだ。意地悪など、身に覚えはない。おまえ、なんぞ証拠があって言いがかりをつけておるのか」

「おまえたちが昌平黌で、道助に意地悪や嫌がらせを仕かけていた事情を教えてくれた学生がいる。あの日、昌平坂でおまえたちが道助を追いかけていたのを見た者もいる。ひとりや二人ではない」

「違う。意地悪や嫌がらせなど知らぬ。とき折り、戯れることはあったかもしれぬが、それは意地悪や嫌がらせではない。道助はわれらを見て、自分から臆病風に吹かれ、勝手に昌平坂を駆けくだり、あの災難に遭っただけだ。われらは与《あずか》り知らぬ。愚かで鈍重《どんじゆう》だから、あのような災難に遭った。日ごろの鍛錬が不足しておるからああいう目に遭うのだ。みっともない。あれでも侍か」

「まだ、十三歳だぞ。おまえたちより二つ三つ年下で、背丈ものびておらぬ子供だったのだぞ。おまえたちのいじめがどれほど恐かったか、おまえたちは弱き者を憐れんだり可哀想に思ったりする心がないのか」

「そんなこと知るか。侍は侍だろう。侍でないのなら、昌平黌へはくるな」

新十郎が喜一郎に加勢して喚いた。鉄之進は二人の後ろで、肩をすぼめて身がまえている。

「侍なら、偽りを言うな。なぜ道助を追いかけた。おまえたちのふる舞いを見ていた者がいるのだ。侍なら真相を語り、潔く中原家に詫びて罰を受けたらどうだ」

「戯《たわ》け。見ていた者が嘘を言っているのだ。やっただろうやっただろうと、繰りかえすだけか、下郎が。われらに言いがかりをつけたいなら、明らかな証拠を持ってまいれ。証拠を見せてみろ。証拠もないのに、中原の者は甥も叔父も愚か者ぞろいだな。所詮は身分低き者だな」

「何を言うておる。証拠はすでにあるではないか。おまえら自身の心が知っておるではないか。おまえら自身の心が、おまえらのふる舞いを見ておったではないか。阿呆《あほ》が。侍にとってそれ以上の証拠がどこにある。それが証拠にならぬのは、おまえらが侍ではない何よりの証拠だ」

三人は修斎の言葉に、首をひねり眉間に皺を寄せた。修斎のまっすぐな言葉が、奇妙な理屈に聞こえているのだろう。

「嘘をつき続けるのなら、今日はここまでだ。だが覚えておけ。道助の死を悲しむ者、道助を心から愛おしく思っていた者は、この一件をうやむやには終わらせはしない。何があっても泣き寝入りはしない。おまえたちには道助の死の罪を、必ず償《つぐな》わせるからな」

修斎は三人から踵《きびす》をかえした。坂道の通りがかりが立ち止まって修斎らの様子を見ていたが、多くはなかった。

菅笠を目深《まぶか》に下ろし、大股で坂道をのぼりかけたときだった。

喜一郎が叫んで、だだ、と坂道を走り上がった。

「無礼者があっ」

と、修斎の丸めた背中へ抜き打ちに斬りかかろうとした。

しかし修斎の紺羽織が翻り、素早くのびた長い腕が抜刀半ばの喜一郎の柄頭を掌で押さえていた。

「馬鹿もん」

修斎のひと声と大きな一歩を踏みかえしたのに合わせ、片方の団扇のような掌が喜一郎の細面をひと薙《な》ぎにした。

ぶふっ、と喜一郎の顔が歪んで飛沫《しぶき》が飛んだ。

掌の団扇にあおぎ飛ばされたみたいに、喜一郎の身体が浮き上がった。それから両脚を天に突き上げた格好で、坂道へ仰のけに転倒した。抜きかけの刀が腰からずれそうになった。

新十郎と鉄之進は、修斎を呆然と見上げていた。

刀の柄をにぎって身がまえた格好の二人は、明らかに怯えていた。

喜一郎は仰向けのまま、頬を押さえてうめき声を絞り出した。それが痛みに堪えかねたすすり泣きに変わっていった。

「おまえたちも、くるか」

さらに一歩を二人へ踏み出し、修斎が睨みつけた。

すると二人は二歩、三歩退き、途端、「助けてくれえ、狼藉者だあ」と叫びながら坂道を駆けくだっていった。

投げ捨てた書物の風呂敷とすすり泣く喜一郎は捨てたままである。

二人が坂下の水道橋詰の辻番へ、駆けこんでいくのが見えた。

修斎は再び踵をかえし、坂道をのぼっていった。

坂道にちらほらと立ち止まった通りがかりの者が、修斎と仰向けの格好ですすり泣く喜一郎を怪訝《けげん》そうに見比べていた。

修斎は大股の歩みを止めず、通りがかりへ菅笠の縁を持って会釈を送った。

「この通り、わたしは無腰です。狼藉者はあの者らですから」

と、よく見れば中高の愛嬌のある顔に、笑みを浮かべた。

四

修斎が築地川萬年橋《まんねんばし》の橋詰から末成り屋の土蔵の方へ堤端を折れたのは、夕刻の六ツ（午後六時）すぎだった。

師走の夜は深い紺色の帳《とばり》に包まれ、土蔵の周辺にちらほら灯る粗末な小屋掛けの煮売屋や食い物屋の薄明かりが、堤端にこぼれていた。

土蔵の樫の重たい引戸を開けると、二灯の角行灯が灯る中で和助と天一郎が黒柿の文机に向かっていた。和助は売子の置手拭を月代の上に乗せた格好である。

珍しく二人がそろって、文机の半紙に筆を走らせていた。

二人の間には南部鉄の黒い火鉢がおかれ、鉄瓶がかかって湯気がのぼっている。

「あ、修斎さん、お帰りなさい」

「修斎、お帰り。待っていた。寒かったろう。火にあたれ」

和助と天一郎が土間へ入った修斎へ言った。

「修斎さん、お茶を淹れます」

和助が急須に鉄瓶の湯をそそいだ。

「天一郎、和助、勝手なことをしてすまなかった」

「事情はお万智さんから聞いた。絵の仕事は遅れてもかまわぬさ。必要なら助っ人を頼むので気にするな。相手方の屋敷へいってきたのだろう」

「いってきた。少々気が張った」

修斎が床に上がり、火鉢の傍らへ端座した。

「やつら、道助の一件にあくまで白《しら》をきる腹だ」

そう言って、ふうむ、とうなった。

和助が修斎の膝元へ「どうぞ」と茶碗をおき、階段の下へ立っていって二階の三流へ声をかけた。

三流が五尺四寸の分厚い身体に綿入《わたいれ》の半纏《はんてん》、黒の前垂れの格好で、切落口から黒足袋を鳴らしつつ駆け下りてきた。

「無事だったか、修斎。お万智さんが心配してたぞ。よかったよかった」

綿入でいっそうずんぐりした三流が、修斎の隣へ坐った。

「心配をかけた。すまん。さほどのことはなかったのだがな。行ったのは八百石の高木家だ。色の黒い険しい顔つきの用人が出てきた。容赦せん、と凄《すご》まれたときは、まさか斬りはすまいと思ったものの背中がぞくぞくしたよ」

「言ってくれれば、わたしも一緒にいったのに。万が一、ということもある。ひとりでは危ないではないか。相手は気の荒い番方なのだろう」

「三流さんも、お茶をどうぞ」

和助は三流の傍らにも、湯気がのぼる茶碗をおいた。

「おお、すまん」

で、どういう具合だったのだ――と、三流は昼間の首尾《しゅび》を訊ねた。

「ほお、そんなことがあったのか。一緒にいっておれば、喜一郎めにわたしの拳骨《げんこつ》を見舞ってやったのだがな。惜しいことをした」

「修斎さんの瓦みたいな掌で叩かれたのでは、喜一郎やらもさぞかし魂消《たまげ》たでしょう。こんなもんじゃないんだぞって、思い知らせてやらなきゃあね」

「三人とも、存外意気地《いくじ》がなかった。喜一郎が泣きべそをかいているのを捨てて二人は逃げ出した。水道橋の辻番へ飛びこんだので、一々事情を訊かれては面倒だから、さっさと退散した」

「上出来だ。それでいい」

「仲間を放って逃げるなんて、弱い者に意地悪を働くような者らは所詮、そんなものなんですね」

などと、三流と和助が言い合った。そこで天一郎が、

「修斎、道助さんの一件を読売種にとり上げるのはどうだ」

と、きり出した。

「今朝、お万智さんから話を聞いたあと、三流や和助とも相談した。修斎の助けになるなら、末成り屋でとり上げてもいいのではないかとな。修斎次第だが……」

修斎が物思わしげに俯《うつむ》き、繰りかえし頷いた。

「昼間、昌平坂から中御徒町の兄の組屋敷へ廻って、義姉さんに報告を入れた。高木家や倅らの対応を推量していたようで、落胆もせず聞いていた。元々、腹をくってうちへ訪ねてきたのは義姉さんの方だしな。じつは、読売にとり上げる案はわたしも義姉さんに話した。旗本らの三家のみならず、中原家にもなんらかの障りが生じるかもしれないとは、伝えたが」

「義姉さんは、どう言っていた」

「中原家のことなどいっさいかまわず、わたしの思う通りにしてよいと、言っていた。だから天一郎に頼もうと思っていた」

よかろう――と、天一郎は修斎へ頷いた。

「兄さんや親父さんは、何か言わなかったんですか」

和助が訊いた。

「兄は三番勤めの登城日で、不在だった。親父どのはわたしが義姉さんを訪ねていたことを知っていたが、顔も出さなかった。きっと、葬儀のあとの席でわたしに言いたいように言ったので、顔を合わせられなかったのだろう」

「それはそうでしょうね」

「それはそうだ」

和助と三流が今度は頷き合った。

「だが天一郎、こういう種をとり上げた読売は評判にはならないと思う。それでもかまわないか」

「修斎、かまうな。これまでも売れなかった読売が山になっているではないか」

天一郎は、階段の後ろの暗がりに積み重なった紙の山へ顎をしゃくった。

「あれもいずれ浅草紙になる。役たたずではない。少しでも役にたつなら、読売にする意味はあるさ」

「いじめは、読売種の評判になりませんかね」

和助が三流に訊いた。

「みな、珍しい種や明るくてわかりやすい種を面白がる。いじめは珍しくも明るくわかりやすい種でもないから、むずかしいかもしれぬな」

三流が答えた。

「考えてもみろ。強い者が弱い者へ、身分の上の者が身分の下の者へ、意地悪をしたり嫌がらせを働くのは珍しいふる舞いではない。仕事場や奉公先、子供、大人、男、女、町民、武家に限らず、大なり小なり見られる。意地悪や嫌がらせをされる方はつらいし、する方も己の鬱屈《うっくつ》のはけ口にはなるかもしれないが、愉快で明るく楽しいことでは、ちっともないのだ」

「確かに、いじめなんて珍しくも明るくもわかりやすくもないし、自分がいじめられるのがいやだから、見ないふりをしますよね。文金風を気どって広小路の悪仲間とつるんでいた餓鬼のころ、悪仲間の間でさえいじめはありましたし……」

和助が置手拭を手にとり、畳みなおしながらしみじみと言った。

「和助は今でも餓鬼ではないか」

「あ、三流さん、弱い立場のわたしに嫌がらせを言いましたね」

和助が三流の目の前で手拭をひらひらさせ、四人がどっと笑った。

天一郎が三人を見廻した。

「和助、三流、修斎、われらは四人とも一家の厄介者、部屋住みだった。われらが、いじめる方といじめられる方のどっちの味方をするか、答えは明らかではないか」

「いいとも、天一郎。おぬしに従う。それでいこう」

「見たくない出来事を見、聞きたくない話を聞き、語りたくない言葉を語るのが、われら末成り屋の性根ですからね」

和助が置手拭を月代《さかやき》に軽々と乗せた。

「よし。読売はいつも通りの四枚だてでいく。修斎、絵は道助さんの葬儀の場面のほかに、明神下の辻で道助さんが災難に遭った場面がほしい。描けるか」

「描ける。あの場を目撃した近辺の表店の者の話を聞いているし、今日、明神下の辻をつぶさに見てきた。道助を追いかける三人と災難に遭った道助の姿が、自分の目で見たように浮かぶ」

「いいだろう。それから、道助さんと同じ御座敷講義を受けていて、道助さんが親しかった昌平黌の学生がいれば教えてくれ。高木らと親しかった者らをのぞき、なるべく多く……」

「たぶん、義姉さんに訊けば分かると思う。明日、いって訊いてくる」

「それは、わたしと和助でやる。修斎は絵にかかれ。和助、明日は中御徒町の中原家からだ。歩き廻ることになるぞ。相手の旗本をはばかって話したがらない者は多いだろうが、中には必ず道助に同情してくれる者がいる」

「歩き廻るのは得意です。やりましょう」

「わたしらはそっちにかかりきりになる。三流にはひとりで今やりかけの読売の仕上げを頼む」

「おお、任せろ」

「では、わたしは今から絵にとりかかる。気合が入った。いい絵が描けそうだ」

「修斎、明日からでいい。今夜は帰って、お万智さんに無事を知らせてやれ。お万智さんが末成り屋へきて、どれほど心配していたことか。今日は仕事も受けず、あんたの帰りを待っているだろう」

「そうですよ。お万智さんが待っていますよ」

修斎の険しかった表情が、そこで人心地がついたように穏やかになった。

読売の種には、火事、天変地異《てんぺんちい》、仇討《あだうち》に心中《しんじゅう》、政《まつりごと》、物盗り強盗、流行病《はやりやまい》の類《たぐい》の風説種《ふうせつだね》、神仏の御利益《ごりやく》、畸人伝《きじんでん》、孝行美談《こうこうびだん》物の閑種《ひまだね》、なんとか節《ぶし》や数え歌や戯文などの流行唄物などがある。

読売は駿河半紙か鼠半紙の半切に刷ったものを、さらに畳んで売る。

以前は半紙一枚だったのが、半紙二枚を重ね、耳を糸で綴《と》じたり糊《のり》で貼りつけたりした四枚だての一冊八文が普通になったのは、宝暦《ほうれき》のころからだ。

近ごろは、八枚だて十六文というのも売り出されている。馬喰町の地本問屋の吉《よし》田屋《だや》が、八枚だてに錦絵の表紙をつけて売り出した読売は、評判を呼んだ。

読売は売子が辻々を廻って、呼び売りをする。

閑種や流行唄物などは、置手拭に流行りの着物に三尺帯の粋姿、襟に小提灯を差し、ひとり二人の三味線弾きを従え、ときには流行唄の節に合わせて唄い囃《はや》しながら売り歩く。

風説種は流行唄の節はない。これは売子がひとりで、読売を小脇に抱え、編笠をかぶり、字突きを持って、「評判、ひょうばん」「なんぞやかぞや……」などと売り声をまいて、「何があったんだろう」と、人々の関心をかきたてる。

母親の孝江が「なぜ読売屋なのですか」と訊いたとき、天一郎は答えた。

「母上、世の中には本当みたいな嘘、嘘みたいな本当があります。読売は、世の中の嘘と本当のからくりの、そっくりそのままの写し絵にすぎないのです」

「えらそうに。自分ひとり、世の中がわかったような口ぶりですね」

母親が薄らと微笑み、言った。

「浮世《うきよ》離れは読売屋の性根です。高台《たかだい》にのぼって名月《めいげつ》を見上げるのではなく、高台から浮世を見下ろすのです。傲慢と偏見《へんけん》と卑屈《ひくつ》は、読売屋の得物《えもの》ですから」

天一郎は笑って、また答えた。

五

その朝、末成り屋の樫の重たい表戸が、乱暴に引き開けられた。

戸前の朝の明るみを背に侍の影が立ちはだかり、ひと声、

「修三郎っ」

と、甲高い怒声で叫んだ。

侍は土間へ踏み入り、もうひと声、薄暗い土蔵内へ響き渡らせた。

「ごめえん、修三郎はいるかあっ」

二階の板床に人影はなかった。薄暗いうえに火の気もなく、寒々としていた。だが侍は怒りを抑えられないのか、白い息を吐きながら武者震いをした。

羽織袴の身なりの乱れに道を急いできた様子がうかがえ、髷にもほつれが目だった。供を連れておらず、侍はひとりだった。

草履を脱ぎ散らして板張りの床へ上がると、正面の幅広い板階段の下から、天井の切落口を見上げてさらに喚いた。

「修三郎、いるなら顔を出せ」

修斎が切落口から顔をのぞかせ、穏やかな口ぶりで言った。

「兄上、ここは仕事場です。お静かに願います。どうぞ上へ」

すぐに切落口から顔を引っこめた。

中原専助は、階段をけたたましく鳴らした。

修斎は二階の広い板床の、東側の窓に近い隅の文机に向かい絵筆を執っていた。

窓は引違いの障子戸が立てられ、障子に朝の日が差していた。

同じ東側の、窓もない片隅の台に綿入の半纏を着た男がうずくまっていた。

男は昼間から行灯を灯した片隅から専助を一瞥し、すぐに台へ向きなおって板木に彫り刀をすべらせ始めた。

階段をのぼった西側の窓ぎわでは、二人の職人が半紙に読売を刷っていた。

職人も刷りの手を止め専助へ奇異な目を向けていたが、専助が睨みつけると二人で相槌《あいづち》を交わし、刷りの仕事に戻った。

板床の空いたところに紙の束が積み上げられ、板木や双紙や読本などの山が幾つもあり、一部がくずれて床に散乱し、壁には派手な色使いの錦絵が貼り廻らされていた。錦絵の中には春画《しゅんが》も混じっていた。

そして何よりも、染料《せんりよう》に似た絵の具の臭いがこもっていて、そこへ薄暗い屋根裏の太い梁《はり》の圧迫を受け、なんだ、この息苦しさは……と、専助はあまりのいかがわしさに立ちくらみを覚えた。

修斎は専助に丸めた背中を向けたまま、絵筆を細かに動かしていた。

ふり向きもしないふてぶてしさに、怒りがいっそうこみ上げた。

修斎の傍らへ、音高く歩み寄り、総髪を元結で束ね背中に垂らした修斎の頭上から甲高い声で喚いた。

「修三郎、おまえ、何ゆえあのような勝手なふる舞いに及んだ。中原家にどれほどの迷惑がかかるか、知ってのふる舞いか」

修斎は専助を、やおら見上げた。

「ここは仕事場と申したでしょう。ほかに働いている者がいるのです。何とぞお静かに。坐ってください。敷物もありませんので、これを使ってください」

修斎は藺で編んだ円座を裏がえして専助の足下へおいた。

「いらん」

専助は円座を足で脇へ払いのけた。

修斎は払いのけられた円座を見やり、それから専助を見上げた。

「わが中原家に、おまえがなんのかかわりがある。日ごろより自分勝手に暮らしているおまえに、それだけでも中原家は迷惑を被《こうむ》っておるのだぞ」

専助は刀をはずし、着座して右わきへおいた。鞘と鍔《つば》が荒々しく床に鳴った。

「言ってみよ。おまえになんのかかわりがあるのか。修三郎、申してみよ。ええ、申してみよ。言えぬのか。何も考えずにやったのか。おまえはうつけか」

専助はさらに喚いた。

「一体、どれだけわが中原家に迷惑をかけたら気がすむのだ。おまえの身勝手なふる舞いで、中原家は窮地に追いこまれた。父上が申しておられたな。武士なら腹をきれと。おまえ、本当に詰腹《つめばら》になるぞ」

「静かに。喚かなくとも聞こえます」

修斎は言った。

「ええい、今さら気どるな。おまえの愚行《ぐこう》で何もかもが台無しになった。中原家は道助を失ったのみならず、由緒《ゆいしょ》ある家名も失いかねんのだ。おまえのようなうつけには、わからんのだろうがな」

「わたしは道助の叔父として、高木家に道助を死にいたらしめた倅の処罰と遺族への償いをどうするのか、うかがいにいったのです。一己の肉親として、黙って見すごせませんでした。添状もありませんでしたが、ああするしかなかった。だからああしたのです」

「馬鹿者がっ。侍が筋を通すには順序があるというのが、おまえにはわかっておらんのだ。ぼさっと酒ばかり呑んで、話を聞いていなかったのか。よいか。かの旗本の支配役に倅らの非を訴え、それで埒が明かなければ評定所に訴える、と決めておったろうが。それでもだめなら、そのとき新たなる手だてを講じる。それが武家が筋を通す順序というものだ」

「兄上、旗本らの支配役には一体いつ訴えられるのですか。道助の葬儀の翌日ですか。翌々日ですか。三日後ですか。四日後ですか。今日で五日目です。一刻でも早く訴え、事情を糾明し、道助を死にいたらしめた者らの処罰と償いを求めるのが筋ではありませんか。何をためらっておられるのですか」

「ええい、黙れ黙れ。おまえの侍にあるまじき愚かなふる舞いのせいで、中原家の訴えはもはやとり上げられぬだろう。向こうは、筋を通さなかった中原家に断固《だんこ》たる対応をとるかまえなのだ」

「それなら中原家も断固たるかまえで臨めばよろしいではありませんか。発端は道助が旗本の倅らに意地悪をされ、嫌がらせを受け、年少のなす術もない道助は倅らのいじめから逃れるために災難に遭ったことです。倅らに罰を下し、旗本三家は中原家への誠意ある償いをするのが第一の筋のはずです。そのうえでわたしのふる舞いが咎められるのなら、わたしは慎んで腹をきりましょう」

三流と刷りの職人らが、二人のやりとりを見守っていた。

「兄上こそ、筋を通す順序を間違えておられる」

修斎が重ねて言うと、専助は束の間、沈黙した。

築地川の方から、堤の通りがかりと船の船頭がのどかにやりとりする声が、櫓《ろ》の軋《きし》みと共に聞こえてきた。

「で、ではなぜ、高木喜一郎を昌平黌の帰りに待ち伏せし、狼藉《ろうぜき》におよんだ。高木喜一郎は仲間らの助けでようやく屋敷へ運びこまれるほどの深手を負った。高木家から無礼千万なる狼藉、断じて許せぬ、と狼藉におよんだ者のしかるべき処罰を求めた厳重抗議が、中原家に突きつけられたのだ。しかるべき処罰をせねば高木家は評定所へ訴えるとな」

ふっ、と修斎は思わず噴いた。

「兄上、気を鎮めてください。高木家は中原家を家禄の低い御家人と、軽んじているのです。強く出れば中原家は怖気づくだろうと、見くびっているのです。わたしは倅らに、おまえたちはわが甥・道助に何をした、侍の子なら嘘をつくなと、問いつめないではいられなかったのです」

「それでわれわれを忘れ、狼藉に……」

「わたしは刀もどんな得物も帯びておりません。素手《すで》でした。高木喜一郎が退散するわたしの背中へ襲いかかってきたのです。喜一郎が抜きかけたところをこの掌で頬を打った、それだけです。あとの二人は怖気づいて逃げ出しました」

「す、素手？」

専助の声が裏がえった。

「そうです。しかも、倅らは元服前とは言え、身体つきはすでに大人です。それが三人、両刀を帯びていたのです。高木家はわたしが刀も帯びない素手で、倅らが両刀を帯び、なおかつ三人であったことを知りながら評定所へ、などと中原家を逆に威《おど》しているのです。道助の一件で、妙に事を荒だてるなよ、とです。評定所へ訴え出る気などないのです。それがわからないのですか」

「だが、相手は、十五、六の子供では、ないか」

専助の語調がか細くなった。

「道助は十三歳でした。背ものびきらない道助が、大人みたいな倅ら三人に囲まれてどれだけ恐かったか、思っただけでも胸が痛みます。可哀想に、道助は必死の思いで昌平坂を走って逃げたのでしょう。道助が遭った災難に、高木家の応対はまったく話にならなかったし、我慢ならない。かの三家は、道助の災難は道助自らが招いたことだ、自業自得だと、口裏を合わせ言い逃れる腹なのです」

修斎は文机の半紙に向きなおり、絵筆をとった。だが筆をすぐにおき、背中をいっそう丸めて両肘を文机についた。

「幾ら悔しくても、どれだけ悲しんでも、道助は戻ってきません。しかし、泣き寝入りなど、できますか。そんなことが、許せますか。兄上、義姉上もそうお考えですよ。愛おしいわが子を死なせた無念をうやむやにしたまま、中原の家名《かめい》など守る値打ちはありはしないとです。ただ道助の菩提《ぼだい》を弔《とむら》って、おめおめと生き長らえるつもりはないとです」

「ま、まさか、玉緒が、ここにきたのか……」

専助は口元を震わせた。

「木挽町の裏店を訪ねてこられました。女房のお万智にも、初めて会っていただきました。お万智は町芸者を生業にしております。貧乏な絵師のわたしを食わしてくれましてね。義姉上は、卑《いや》しい町芸者だとか、下賤な読売屋などと蔑《さげす》まれたりはなさいません。道助がそうでした。うちへ遊びにきて、わたしの絵がとてもいいと、褒《ほ》めてくれたのです」

専助はうな垂れた。そして、

「わたしには、ご先祖さまをまつる、務めが、ある」

と、かすかな声をこぼした。

「兄上、御家人・中原の家名に縋って、それで武士の面目がたつのですか。かの者らが倅らの非道に厳正な対処を怠《おこた》り、誠意ある償いをせぬ気なら、中原家の名を賭《と》して断固たる処罰を中原の者が加えるのです。義姉上はそこまで決心を固めておられる。わたしも同じです。どうせ詰腹なら、義姉上に加勢して、中原家につながる者として、わが武士の一分《いちぶん》を通してみせますよ」

「しゅ、修三郎、そそ、そういう意味では、なくてだな……」

「心残りは節です。義姉上は節を連れていく気でおられます。ただ幼い節に、中原家の面目、武士の一分、母の無念を、中原家に生まれたというだけで負わせるのは過酷にすぎます。わたしに任せてほしいと、義姉上に申しました。実情はしがない町絵師です。先がどうなるか、目算があってのことではありません。だとしても、わたしのやり方でやるだけはやってみますよ。でないと……」

修斎は言葉を継げなかった。文机にじっと目を落とし、考えこんだ。

専助は、土蔵へ怒鳴りこんだ勢いを失っていた。唇をへの字に結び、修斎から顔をそむけていた。

三流と刷りの二人の職人が、修斎と専助を見守り続けていた。

六

それから丸二日おいて、末成り屋の次の読売が売り出された。

置手拭に字突きを手にした唄や和助が、半紙の耳を糊で貼りつけた四枚だて八文の読売の束を脇に抱え、

「大変だ大変だ。十三歳の御家人が儚《はかな》く散らした命の事情。聞くも涙、語るも涙の顚末《てんまつ》。この一冊で八文八文……」

と、木挽町の広小路を皮きりに、新両替町《しんりょうがえちょう》の銀座町、京橋《きょうばし》を渡って日本橋方面、日本橋から室町《むろまち》、本石町《ほんこくちょう》、内神田《うちかんだ》をすぎて神田広小路の八辻ヶ原《やつじがはら》へと、人通

りの多い大通りや広小路の盛り場を中心に売り歩いた。

閑種や流行唄物とは異なる風説種は、普段はお囃子《はやし》の三味線や流行唄はないのだが、その日はもうひとり置手拭の売子が三味線を抱えてつき従い、唄や和助の呼び売りを囃し、売子自らも三味線をかき鳴らしながらの語りで往来の耳目《じもく》を惹《ひ》いた。

「さあさ、みなの衆、聞いてくれ。一寸先は闇の世で……」

と、語る置手拭の売子は天一郎である。

天一郎は三味線が弾《ひ》けた。末成り屋がある土蔵の地主で、天一郎らの陰の支援者であり、南小田原町で座頭金を営む座頭・玄の市から習っていた。

「天一郎さんは筋がいい。さすが、遊び人だったお旗本の、お父上の血筋がよろしいようで。あはは」

と、玄の市に妙な褒められ方をした三味線が役にたった。

「命を散らした若衆《さいばし》は、神田の北の御徒町、身分軽き御家人の、家に生まれた十三歳。幼きころより才走り、湯島の岡の昌平黌。旗本御家人お大名、数多《あまた》の子弟のその中で、孔子《こうし》も驚く俊英は、父母が自慢の一家の誉れ、江戸に輝く一番星」

その一家の誉れ・弱冠十三歳の昌平黌の優れた学生が、旗本の家柄を鼻にかけた十五歳、十六歳の同じ昌平黌のできの悪い学生ら三人に、身分軽きゆえの嫉《そね》みに遭

った。そして執拗な意地悪と嫌がらせを受け、挙句《あげく》の果ては、

「親に先だつ親不孝。場所は昌平坂下明神下通り。若き命は儚くも……」

というところまで三味線のお囃子と和助と天一郎の語りが交互に続くと、さして珍しくもない風説種ながら、往来の中には涙ぐむものまで出て、思いのほかの評判を集めたのだった。

天一郎らは翌日、翌々日、さらにまた翌日と、しかも日ごとに読売を増やしながら、日本橋北から内神田、神田川を越えて、明神下、湯島、本郷、小石川、と売り場の町地を広げていった。

三日目からは築地川端の大道芸人を雇って三味線のお囃子を任せ、四谷《よつや》御門内の麹町《こうじまち》まで足を運んで、道助災難の一件は意外なほどのあたり種になった。

むろん読売には、災難に遭った御家人の中原専助倅・道助、表番町二丁目に屋敷をかまえる旗本の高木左門倅・喜一郎、小倉周之助《しゅうのすけ》倅・新十郎、相地要《かなめ》倅・鉄之進の名前が入っていたため、町の評判は御家人・中原家への同情が殆どだった。

さらに、天一郎はこの種を末成り屋だけの売物にしておかなかった。

馬喰町の知り合いの読売屋を訪ね、「かまわないから売り広めてくれないか」と、道助が神田明神下で災難に遭った事情を提供した。

馬喰町の読売屋は、両国広小路、浅草広小路、下谷広小路など、江戸の最も繁華な盛り場を中心にこの風説種を売り広めたため、道助災難の一件は人伝《ひとづて》にも言い触らされ出し、たちまち江戸市中に知れ渡っていきつつあった五日目だった。

年の瀬の押しつまった師走下旬のその日、天一郎と和助、三味線お囃子の芸人二人の四人が、飯田町《いいだまち》から九段坂《くだんざか》をのぼって御厩谷《おんまやだに》に折れ、さらに法眼坂《ほうげんざか》の方角にとって、静かな表二番町の通りを目指した。

練塀《ねりべい》や海鼠《なまこ》壁、白壁の武家屋敷の塀がどこまでもつらなる番町の通りは、人通りはまばらで、通りに向いた長屋門は、どの屋敷も厳重に閉じられていた。

冬の空は高く澄んで、冬枯れた樹木に止まる雀の姿も寒々と見える午後である。その森閑とした番町の通りを、三味線のお囃子と共に、天一郎と和助の売り口上が響き渡った。

天一郎ら四人は表二番町までくると、表二番町の通りから裏二番町の通りへひと廻りしてまた表二番町へ廻り、次に裏六番町へ廻って三たび表二番町へと戻る道筋をゆるやかに朗々と流していった。

武家屋敷地は辻々に辻番があって、昔はいかめしい番士だったのが、今では辻番を請け負う雇いの番人が六尺棒《ろくしゃくぼう》を携えてつめている。

辻番の近くでは、番人に「ここらは読売屋のうろつくところではない。早々に立ちされ」と追い払われたものの、辻番から離れると、三味線のお囃子と売り口上が懲《こ》りもせずに始まった。

天一郎たちが通ると、どこかの屋敷で飼っている犬が聞きつけて吠えた。

塀の上に伸びた木に登って、天一郎らの一行を物珍しげに見つめる童子がいた。

また長屋門から姿を見せる奉公人や家士らもちらほらとはいて、中には道助災難の読売を買う者もいた。一枚売れるたびに四人はいっせいに、

「おありがとう、ござい……」

と、それも三味線のお囃子つきで大袈裟《おおげさ》な声を上げる。

人通りが少ないのだから、売れゆきが悪いのは承知のうえである。表二番町周辺の武家屋敷地に、高木家、小倉家、相地家が、中原道助の一件でとっている理不尽な対応を知らしめることが狙いだった。

「これぐらいの嫌がらせ、やってやるか」

「やってやりましょう」

とその日、天一郎と和助は三味線を引き連れ、番町へ繰り出したのである。

一行が三たび表二番町の通りへ入る辻へきかかって、辻番の番人が呆れ顔で出て

きて天一郎らを咎めた。

「おめえら、どこの読売屋だ。いい加減にしねえとしょっ引くぞ」

雇われの番人は侍ではないから、言葉遣いが乱暴である。

「相すみません。ここをひと廻りして引き上げます」

天一郎は番人へ腰を折り、白い紙包みを素早く握らせた。

「お役目ご苦労さまでございます。みなさんで一杯やってください」

紙包みを握らされた番人は、戸惑いを見せつつも素ぶりがやわらいで、

「ふむむ、では、ひと廻りしたら、引き上げるんだぞ」

と、辻番へ戻っていった。

天一郎らは三たび通りを流し、高木家の長屋門前までくると立ち止まった。

江戸は、町地、武家地、奉行所のどこであろうと表札などない。ゆえに切絵図《きりえず》は商い用などで出かける折りには欠かせぬ道具だった。

「和助、ここで最後だ」

天一郎が和助から三味線へ目配せを送り、お囃子が賑やかに鳴り始めた。

と、そこへ長屋門わきの小門が開き、黒羽織の中年の侍がくぐり出てきた。

侍は中背で、日焼けした顔にほくろが目だった。

天一郎ら四人は侍へ一礼をし、かまわずお囃子を続け、売り口上を始めた。

「さあさ、みなの衆、聞いてくれ。一寸先は闇の世で……」

侍の後ろから、木刀を腰に差した黒看板の中間が門前へ出てきた。

侍はぶらぶらと近づいてきて、天一郎の前で止まった。

「読売屋、一冊もらおう」

「はい。一冊八文でえす」

和助が読売を侍へ渡し、侍は読売を受けとったが金は払わなかった。

ぱら、ぱら、とめくってざっと目を通した。

「お侍さま、八文いただきます」

和助が言うと、侍は読売を投げかえした。

「いらん。つまらなそうだ」

「さようですか」

後ろの中間が、険しい目つきを天一郎へ向けている。

侍は天一郎を睨み上げ、煩《わずら》わしそうに言った。

「おまえら、どこの読売屋だ」

「木挽町のはずれの、築地でございます」

「屋号は」

「末成り屋、でございます」

「末成り屋？　おまえの名は」

「天一郎と申します」

「末成り屋……読売屋・天一郎か」

天一郎はまた一礼した。

「おまえらの読売に、高木家、と出ておるが、それはわがお家のことか」

「こちらが表二番町の高木さまのお屋敷ならば、間違いなくさようでございます。ほかにも同じく表二番町の小倉さま、相地さまも出ております」

「読売屋ごときが勝手にお家の名を出しおって、無礼だな。覚悟のうえか」

「しがない読売屋でございます。覚悟と申されますと」

侍は答えず、何かを考えているふうだった。やがて、

「中御徒町の中原家に、頼まれたのか。このような嫌がらせを……」

と、くぐもった声で言った。

「中御徒町の中原家？　中原道助の中原家でございますか」

「ほかにあるのか」

「いえ。中原家よりのそのような頼まれ事はございません。偶然見つけた読売種でございます。わが末成り屋の手柄でございます」

「偶然？　嘘を申すな。その絵は錦修斎という町絵師が描いたのだろう。錦修斎は中原修三郎という中原家の元は部屋住みだ。おまえらの仲間だったのか。いかがわしき読売屋と町絵師がどうつるもうと、知ったことではないが」

「ですがお侍さま、この読売に出ている話はまことでございます。嫌がらせなどでは決してございません。こちらの高木喜一郎さま、同じこの通りの小倉新」

「黙れっ。気安く口にすると斬り捨てにするぞ。埒もない読売屋風情が、世の中のこともわかりはせぬくせに。目障りだ。よいわ。今日のところは見逃してやる。立ち去れ。だが読売屋、次はないぞ。次にくるときは覚悟してくるのだな」

侍は中背で痩せているせいか、あまり凄みのある声ではなかった。

「さようでございますか。いたし方ございません。退散いたします。ああ、ところで、喜一郎さまの御加減はいかがでございますか。先だって、こちらの喜一郎さまが深手を負われたとうかがいましたが。噂では、喜一郎さまが喧嘩をなさり、相手は素手で、二刀を差した喜一郎さまは刀も抜けずに相手の素手に叩き倒されたと、伝わっております」

怒りを露わにした侍の顔つきが、いっそう黒ずんだ。

「そうそう、痛みに堪えかねて子供みたいにべそをかかれたとか。重傷でございますからね。さぞかしお痛かったんでございましょう。でも、お侍さまもべそをおかきになるのでございますね。みなで驚いておるのでございます」

「おまえ、それ以上の愚弄は許さん」

侍が羽織を払って刀をつかんだ。ず、と草履を鳴らして一歩前へ踏み出した。

「失礼を申しました。何とぞお聞き捨てを。いかがわしき読売屋でございます。失礼いたします。みな、いくぞ」

天一郎が身を翻し、三人は慌てて従った。

「天一郎さん。怒らせてしまいましたね。怒らせるのが上手《うま》いんだから」

和助が並びかけ、にやにやしながら言った。

「あの侍は大して怒っていないさ。あれは、はったりだよ。柄に手もかけなかったし、踏み出しに腰が入っていなかった。たぶん、剣は得意ではないのだろう」

「へえ。はったりか……」

和助がふりかえると、高木家の門前に人の姿は早や見えなくなっていた。

南町奉行所の臨時廻《りんじまわ》り方同心・鍋島小右衛門《なべしまこえもん》が、末成り屋の土蔵へ踏みこんできたのは、翌朝、天一郎と和助、それに雇いの三味線引きが道助災難の読売の辻売りに出かける間際だった。

手先が重たい表戸を、だん、と勢いよく引き開け、馬面に大顔の鍋島が十手を肩に担ぐ格好で、のそ、のそ、と入ってきた。

「末成り屋の天一郎、顔出せ。お上《かみ》の御用だ」

紺の着物を尻端折《しりはしょ》りに股引《ももひき》草履の手先が、鍋島の後ろから喚いた。

頬骨の高い鉛色の大顔の中の、笑ったことがないような一重の目が、天一郎をすぐに見つけ、まばたきもせず見入った。

顔の大きさと不釣合いなおちょぼ口が、何かぶつぶつ言うみたいに蠢《うごめ》いていた。

天一郎は咄嗟に「きたか」と思った。

「これはこれは鍋島さま、お寒い中、わざわざのお越し、畏れ入ります」

そう言って、床の上がり端へ膝と手をついた。

「本日はわたしども末成り屋に、御用でございますか。おうかがいいたします」

「天一郎、しばらく顔を見なかったな。初瀬《はつせ》とは相変わらず、つるんでいるのかい」

鍋島が天一郎の頭の上で言った。鍋島の雪駄と紺足袋が、天一郎の目先にある。

「初瀬さまにはこれまで通り、何くれとご指導をいただいております」

初瀬とは南町の定町廻り方同心の初瀬十五郎である。臨時廻り方同心の鍋島とは朋輩《ほうばい》ながら仲がよくない。

「ふん、相変わらずの腐れ縁、というやつだな。ところで天一郎、末成り屋ではこんとこ、性質《たち》のよくねえ読売を売り出しているそうだな。御番所《ごばんしょ》でも、だいぶとり沙汰されてるぜ」

「はて、性質のよくない読売、でございますか」

天一郎は床に手をついたまま、首をひねった。

「いいから手え、上げろ。辛気臭《しんきくせ》え」

上体を起こし、天一郎は鍋島の石像みたいな鉛色の顔を見上げた。

鍋島の大顔の半分より下に髷《さかやき》と月代のある手先と、もうひとり、奉行所の紺看板の中間《ちゅうげん》が今朝は従っていた。中間は挟箱《はさみばこ》を担いでいる。

鍋島は黒羽織《ばおり》を払って膝を折ると、ずるっ、と雪駄《せった》を鳴らして天一郎の眼前の土間へかがんだ。

「なんでも、番町のお旗本の不良の倅らが中御徒町の貧乏御家人の倅を昌平黌でいじめて、そのいじめのせいやらで貧乏御家人の倅が災難に遭ったんだってな。ところがお旗本は不良の倅らの非を認めず、御家人に詫びも償いもする気がねえ。それがお旗本のやることかとか、非道だとか、おめえとこの読売で御託《ごたく》を並べているそうじゃねえか。よくねえよ、天一郎。感心できねえな」

鍋島は十手の先で、天一郎の膝の前の白い紙包みを玩《もてあそ》ぶみたいに突《つつ》いた。

天一郎が手を上げたとき、白い紙包みがすでにそこに置かれていた。鍋島は天一郎の前へかがんで、それを突いている。

「おめえら読売屋が、町家の事柄に嘘八百並べたてるのは大目に見るが、お旗本のご機嫌を損ねるでたらめな読売種を扱っちゃあ、そりゃあ不埒なふる舞いと言わざるを得ねえ。けどおれはよ、本人に悪気はねえんじゃねえか、ちょいと調子に乗って筆をすべらせてしまっただけじゃねえか、と庇《かば》ってやっているんだ。おれはな、おめえみてえな練《ね》れた男は嫌いじゃねえんだ。嘘じゃねえぜ、天一郎」

それから鍋島は、天一郎の後方に坐っている和助と二人の芸人をひと重まぶたの笑ったことのない目で睨んだ。芸人は三味線を大事そうに抱え、和助は今日も辻売りをする読売を傍らにおいていた。

でな天一郎――と、鍋島は白い紙包みをさり気なく袖に仕舞った。

「その読売は発禁だ」

鍋島は和助を向いて、鼻にかかった声で言った。

「それから、読売を刷った板木があるだろう。そいつももらっていくぜ。まあ、そんなもんですんで、よかったんじゃねえか。天一郎、そう思うだろう」

十手を天一郎の肩にあて、ぽんぽん、と打ち鳴らした。

「まことに以って、鍋島さまのご寛大なご処置にお礼を申し上げます。和助、板木を頼む」

「はあい……」

「それからな、和助。二階に錦修斎がいるだろう。修斎を呼べ。ついでだ。鍬形三流も下りてこさせろ。おめえらに言っておくことがある」

立ち上がった和助に鍋島が言った。

天一郎の隣に、修斎、三流が並んで端座した。

和助と三味線を抱えた芸人が後ろに控え、階段の下では中間と手先が板木と読売の束を挟箱に仕まっていた。

「修斎、おめえ先だって、その小汚《こぎた》えなりで表二番町の高木家へ押しかけたそうじゃねえか。なんでも、甥の中原道助が、高木家や小倉家、相地家の倅らのいじめに遭っていたせいで不慮の災難にあったと言いがかりをつけた。つまり、おめえらが売り廻ってる埒もない読売に書いてあることだな」

鍋島が十手で中間と手先の方を差した。

「おめえ、高木家に倅を処罰しろだの中原家へ償いをしろだの、強請《ゆす》りたかりのふる舞いに及んだらしいな。そのあと高木家を強請っただけじゃあ気がすまず、昌平黌帰りの倅を待ち伏せ、倅に深手を負わせたそうじゃねえか。おめえ、なんのつもりでそんなことをやったんだ。上じゃあずいぶん、騒ぎになってるぜ」

と、修斎の頬へ十手の先を沿わせ、修斎が顔をそむけるほど突いた。

「だいたいがよ、おめえ、御家人の中原家のなんなんだ？　未だ中原家の厄介なのかい。それとも暇を出された浪人者かい。まだ侍のつもりか？　いや、そうじゃねえな。妙な絵を描いて、画料とかを稼いでる町絵師でござい、と名乗ってるんだってな。ははん、そうか、おめえは鵺《ぬえ》だ。正体不明の鵺だ」

三流っ――鍋島は隣の三流へ、薄い眉をちぐはぐにしたしかめ面《つら》を移した。

「おめえ、鍬形三流とかふざけた名前をつけやがって、つまらねえ男だねえ。おめえ、本所二ツ目の貧乏御家人の厄介の本多広之進だな。家じゃあ食わせられねえから、餓鬼のころに厄介払いの養子に出されたんだろう。それが今は、芝口新町の船宿の女将に食わせてもらっているんだって。お気楽な身分じゃねえか。どうだい、大年増の女将は可愛がってくれるかい」

　三流は分厚い肩をすぼめ、目を伏せていた。

　次に鍋島は大顔を持ち上げ、天一郎たちの後ろに芸人二人と並んで控えている和助を睨んだ。

「和助、唄や和助だな。名前は蕪城《かぶらぎ》和助。おめえも芝三才小路《しばさんさいこうじ》の貧乏御家人の厄介だろう。ちょいと前までは文金風のいかれたなりで盛り場をうろついてた雑魚《ざこ》が、今じゃ読売屋かい。笑わせやがる。出世したじゃねえか」

　と、おちょぼ口を歪めて、笑い声をくぐもらせた。

「いいか、三流、和助、おめえらも修斎と同じ正体不明の鵺だ。だがな、お上が大目に見ているのをいいことに甘い考えでいたら、痛い目に遭うぜ。お上がその気になりゃあ、おめえらごとき、いつだって牢屋敷へ打《ぶ》ちこめるんだ。牢屋敷の先は八《はち》丈《じょう》だ。どうでえ、八丈へ流されてえかい」

「鍋島さま、わたしどもがお上のご不興《ふきょう》を買いましたようで、まことに、面目次第もございません。しがない読売屋でございます。何とぞ今後とも、鍋島さまのご指導ご鞭撻《べんたつ》をお願いいたします」

天一郎は鍋島が膝にだらりと乗せた片方の手を、両手で握った。

天一郎の掌から鍋島の掌へ、もうひとつの白紙の包みが渡った。

「ん？　ふむ。そうかい。気を使わせるな。と、まあ、そういう話もあるってえことを、おれはおめえらに言いてえだけなんだ。おめえら、悪くとるんじゃねえぜ。おれは善意で言っているんだが、嫌がらせでそういうことを言い出す輩が世の中には多いのさ。なあ、天一郎。そうだよな」

と、鍋島は立ち上がった。白紙の包みを袖に仕まい、十手で自分の肩を軽く叩いた。手先と中間へ、

「終わったか」

と、声をかけ、それから天一郎らを石像みたいな大顔で見廻した。

「そういうことを肝《きも》に銘じていりゃあ、これまで通りってえことさ。おれはな、天一郎、こう見えても末成り屋を買ってんだ。おめえら、いかがわしい読売屋にしちゃあ骨がある。しっかりやりな。よし、御用はすんだ。いくぜ」

鍋島は黒の羽織の裾をゆらして、身を表戸へ転じた。

手先が素早く表戸を引き開け、鍋島は戸外の光の中へ紛《まぎ》れこんだ。

挟箱を担いだ中間は表戸を開け放しのままにして、土蔵を出ていった。

土蔵の戸前と堤道の向こうに築地川、堤端の枝垂れ柳、そして対岸の武家屋敷の土塀が見えていた。

天一郎ら四人は、板敷に端座した格好のままだった。

三味線を抱えた芸人らも、四人と一緒になってうな垂れていた。

和助が頭の置手拭を握って、「くそっ」と吐き捨てた。

「やれやれ、儲け損ねたな。久しぶりのあたり種だったんだがな。しかし、これぐらいは覚悟のうえさ」

天一郎が明るく言った。

「みな、わたしのためにいやな思いをさせてしまった。すまん。許してくれ」

修斎がつらそうに言った。

「何を言う。修斎、おまえのせいではない。おまえはよくやったし、これからも道助さんや義姉上のためにやらねばならん。へこたれてどうする。こんなことはこれから幾らでもある。だからこその読売屋稼業ではないか」

「そうだとも。ああいう役人が、のほほんと生きていける世の中ってえことさ。わたしは全然平気だぞ。むしろ、やる気が出る」

と、三流が修斎の萎《しお》れた肩を打った。

「そうそう。修斎さんにはつらい種で申しわけないけど、お陰で末成り屋の読売が売れたじゃないですか。ねえ、天一郎さん」

「売れたよ。このままの調子で売れたら、玄の市さんに借金をかえし、そればかりか、木挽町の広小路に表店を新たにかまえられるのではないかと、思ったぐらいだぞ。しかし、そうは簡単にはいかなかった。だが儲かったことは間違いない。今日はもういい。仕事は休みだ。みなで賑やかにやって、あたり種の祝杯だ」

「いいっすねえ。やりましょう、天一郎さん。修斎さんも三流さんも、ぱっと」

「修斎と三流は仕事にきりをつけて、二階の職人らも呼んでくれ。あんたらも、今日はつき合ってくれ。わたしらにつき合うのが今日の手間仕事だ」

天一郎は三味線の芸人らに言った。

「和助、仕出し料理を広小路の桝屋《ます》に、八人分を頼んできてくれ。わたしは酒の支度をする」

「承知しました。ああ、こういうときに美鶴さまとお類さんが、ひょっこり顔を出せばな。華《はな》やいでいいんですけどね、天一郎さん」

七

美鶴と類はそのころ、数寄屋橋《すきやばし》の河岸場から船に乗り、外濠《そとぼり》を北へ廻って一ツ橋《ひとつばし》御門の河岸場を目指していた。

美鶴は藍《あい》の小袖、銀鼠《ぎんねず》に緋《ひ》の細縞の仙台平《せんだいひら》の袴、朱の両刀、菅笠を目深にかぶって拵え、お類は華やいだ花柄の振袖に編笠をつけてさな（船底）に着座し、師走の午前の川風に吹かれていた。

「美鶴さま、一ツ橋はどちらのお屋敷にご用なんですか。楽しみだわ。ちょっとどきどきします」

お類が美鶴のすっと伸びた背中に声をかけた。

「お類、どきどきするほど楽しい用ではないぞ。一ツ橋通りの榊原家へいく」

美鶴がお類へふりかえり、薄く紅を刷《は》いた形のよい唇を綻ばせた。

午前の光が、菅笠の陰からこぼれる美鶴の、白いなだらかな顎とほっそりした首筋を照らしていた。お類ですら、うっとりとするほど美しい横顔だった。

「あら、榊原家？　前にどこかで聞いた気がいたします」

お類がませた口調で小首をかしげた。

「おまえのお祖父さまの島本に添状を書いてもらった。本当はわたしひとりでいくつもりだったが、お類を連れていかなければ添状を書かぬと譲らぬから、お類を連れていくのだ」

「当然ではありませんか。美鶴さまをおひとりでいかせるわけにはまいりません。壬生家のお嬢さまらしく、わきまえていただかねば。わたしはお祖父《じい》ちゃんから美鶴さまのおそばを離れぬよう、厳しく命じられているのですよ」

「けれど、お類、退屈して居眠りをしてはならぬぞ。これから訪ねるのは越後高田十五万石のご家中《かちゅう》の方だからな」

「しませんよ。子供じゃあるまいし」

ふ、と美鶴は笑い声を船縁へこぼした。美鶴は、少々生意気なお類を妹みたいに可愛がっている。

「でも美鶴さま、越後高田と言えば、もしかしたら、天一郎さんの……」

と、お類は美鶴のすっとのびた後ろ姿に、また言った。

小石川下富坂町。神田川へ落ちる一間半ほどの大下水《おおげすい》に丸太橋が架かっている。

その橋詰にある矢場の《丸太屋》から、若衆髷に二本を帯びた三人の若い男と、今ひとり、布子《ぬのこ》の半纏に下は目だたない鼠の着流しの男が、草履を引きずりながら出てきた。

若衆髷の三人は表二番町通りの旗本の倅ら、高木喜一郎、同じく小倉新十郎と相地鉄之進である。

もうひとりは明らかに博徒風体で、腰に得物はなく、背丈は三人より低いが顔の浅黒い険しい人相の男だった。

のびた月代の下の狭い額に、二本の深い皺が走っていた。

しかしよく見ると、それは皺ではなく斬り疵《きず》らしかった。

師走の午前の寒空に、着流しの裾から素足を出し、底の浅い草履をだらしなげに突っかけていた。着流しの前襟を寛げ、両腕を懐へ差しこんで組んでいた。両腕の間に腹へ巻いた晒《さらし》が見える。

男は丸太橋の手すりへ組んだ両肘を乗せて前かがみに凭《もた》れ、険しい相貌《そうぼう》を大下水の水面へ落とした。腰を折って、着流しの裾から出た素足と素足をだらしなくからませた。

「雁次郎《がんじろう》さん、どうだ。やってくれるか」

喜一郎が、博徒風体に言った。

雁次郎は結んだ唇を曲げ、動かなかった。しばらく考えてから、あまり気乗りしなさそうな口調で、

「矢場の遊び代じゃあ、すみやせんぜ。坊っちゃん方、金はあるんですかい」

と、水面へ顔を向けたまま言った。

「も、もちろんだ。ここに、十両を用意してきた。雁次郎さんなら十両で引き受けてくれると、丸太屋の女将に聞いたのだ」

喜一郎が懐から油紙に包んだ十両をとり出し、雁次郎の傍らで油紙を開いて見せた。手すりに寄りかかった雁次郎は小判へ一瞥を投げ、険しい目つきをゆるめた。

「仕まいなせえ。こんなところで。人目につく」

むろん、あたりに人通りはなかった。

「十両はね、仕事にかかる人手のひとり分なんですよ。仕事にもよりやすがね。ひとり十両。それが頭数分でやす」

雁次郎は金を受けとらず、大下水へ目を向けている。

「人手は、ど、どれくらい必要なのだ」

喜一郎が言い、新十郎と鉄之進が顔を見合わせた。

「錦修斎という町絵師。元御家人で、六尺ほどの大男。腕がたつんでやすね。木挽町の裏店住まいで女房と二人。餓鬼はいねえ、か。すると……」

雁次郎は額の疵を指先でなぞった。何やら、慎重に思いを廻らせていた。

「元御家人なら刀を持っていると、見とかなきゃあならねえし。なら、修斎にかかるのが三人はいる。見張りが裏と表にひとりずつ。全部で五人。まあ、五十両ってとこでやすかね」

「五十両……」

喜一郎の言葉が途ぎれた。新十郎と鉄之進へ、どうする、というふうな顔つきでふり向いた。新十郎と鉄之進は何も言わなかった。

「み、見張りは二人も、いるのか」

喜一郎が雁次郎へ向きなおり、声を忍ばせた。

雁次郎は鼻先から息をもらすように笑った。

「坊っちゃん方、本気なんでやすね」

そう言って、喜一郎から後ろの新十郎、鉄之進へ険しい目を流した。

「む、むろん、本気だ」

喜一郎が小刻みに首を頷かせ、新十郎と鉄之進が喜一郎に倣《なら》った。

「三人いりゃあ、仕事に間違いはねえ。なら、見張りはこっち持ちということで、大まけにまけて三十両。そこがぎりぎりでやす」

雁次郎の狐目《きつねめ》が、喜一郎を見すえた。

「わかった。それで手を打とう」

「喜一郎さん、いいんですか」

新十郎が言った。

「任せろ。おまえたちの足りない分はおれがたて替える。あてはある」

新十郎と鉄之進が、不安そうな目配せを交わした。

「金はいつ用意できやす」

「昼には、渡せる。ばれたりは、しし、しないだろうな」

「心配しなさんな、坊っちゃん、こっちは玄人《くろうと》ですぜ」

そう言うと雁次郎は、十両を包んだ油紙を喜一郎の手からさっととり上げた。

あっ——と、後ろの鉄之進が声を上げた。

「これは手付けにいただいときやしょう。坊っちゃん方、気が変わっても手付けは戻りやせんぜ。それがこの手の仕事の慣《なら》わしだ。残りの二十両は、そうでやすね。ここら辺じゃ顔見知りがいてお互いよくねえでしょう。昼八ツ、飯田町の俎橋《まないたばし》の北詰でどうでやすか」

「よかろう。大丈夫だ。で、いつやる」

「人の手配によりやす。今夜かもしれねえし、明日になるかも。遅くとも両三日のうちに。それと……」

雁次郎が金の包みを懐へねじこんだ。

「ひと息に息の根を止める。よけいなことはしやせんぜ。手早く片づけて、すぐずらかる。それがおれのやり方だ」

「雁次郎さん、け、けっこうだとも」

「それと、やつの寝こみを襲いやす。女房に騒がれちゃあ厄介なんで、女房も道連れにすることになりやす。よろしゅうございやすね」

「き、喜一郎、腕を折って絵筆を二度と握れないようにしてやるとか、それぐらいで許してやっても、いいんじゃないか」

「そうだよね。十分に痛めつけてやれば、息の根までは止めなくてもいいかもしれないし、女房まで手にかけるのは……」

新十郎と鉄之進が喜一郎に、怯《ひる》みを隠さず言った。

「そんな甘いやり方ではだめだ。修斎みたいなやつは世の乱れの元《もと》だ。あんなやつらが世の中をだめにする。生かしておいては示しがつかぬ。これは罰なのだ。身分がどういうものか、あの馬鹿に教えてやる。女房は、あんな馬鹿と所帯を持ったのが同罪だ」

喜一郎は二人に言って、頬を引きつらせた。

「ただ、殺《や》る前にやつに言う間があったら、道助に会ってこい、と言ってくれ。そう言えばわかる。修斎め、後悔の涙にくれるだろうが、今さら後悔しても遅い」

「道助に会ってこい、でやすね。いいでしょう。言う間があったらね。坊っちゃん方、金の用意は頼みやすぜ」

雁次郎は、三人の様子をどこか小馬鹿にしたふうに見ながら言った。

八

その夕刻近く、雁次郎は鎌倉町《かまくらちよう》と松下町《まつしたちよう》の間の、ねこや新道《しんみち》の蕎麦《そば》屋で仕事仲間の十五《じゆうご》と会った。

雁次郎は三十代の半ばをすぎているが、十五は三十前の雁次郎と同じ無頼漢だった。身体つきも同じ中肉中背の、目だたない風貌である。

月代を薄くのばし、無精髭が生えていた。

雁次郎は隅の座敷の席で温かなあられ蕎麦を音をたててすすりながら、湯気のたつ碗に顔を埋《うず》めている十五に低く言った。

「仕事だ」

「いくらだ」

十五は碗から顔を上げずに訊いた。

「五両」

「相手は」

「男とそいつの女房だ。男はおれが始末する。おめえは女房を黙らせればいい」

「やる」

十五は碗を持ち上げ、ずる、と汁をすすった。

「得物《えもの》は」

「持ってる」

「なら、このままいけるか」

「いける。場所は」

「木挽町だ。鎌倉河岸から船でいこう」

雁次郎は十五の胡坐のわきへ、ちゃ、と五枚の小判を鳴らした。

十五は碗を置いて、五両を懐の巾着《きんちゃく》に仕まった。

「よく寝たかい」

「寝た。これ以上寝たら身体が溶《と》けちまうくらいな」

そう言って二人は顔を見合わせ、笑みを交わした。

蕎麦屋を出て、鎌倉河岸から猪牙舟を三十間堀《さんじっけんぼり》まで頼んだ。

猪牙は鎌倉河岸から外濠をゆき、一石橋《いっこくばし》をくぐった。魚河岸のある日本橋と江戸橋をすぎて、南の楓川《もみじがわ》へ折れた。

本材木町《ほんざいもくちょう》の土手蔵がつらなる楓川をゆき、京橋川を横ぎり、三十間堀に架かる三橋のひとつ、真福寺橋《しんぷくじばし》をくぐって三十間堀に入ると、両岸は船宿や茶屋が多くなり、行灯看板や軒提灯などの明かりで、川筋はぐんと華やいだ。

三味線と、鉦《かね》や太鼓の音が流れ、屋根船がゆらゆらと浮かんでいる。

そのころには夕刻はだいぶ深まり、顔の見分けもつきにくくなっていた。

「船頭さん、三原橋《みはらばし》の河岸場で下ろしてくれるかい」

雁次郎が櫓《ろ》を操る船頭に言った。

「へい。三原橋に着けやす」

雁次郎は濃い鼠の着流しに饅頭《まんじゅう》笠をかぶっていた。だが、朝のような素足ではなく、黒の股引に黒足袋をつけた拵えだった。

十五は艫《みよし》の方の船縁に片膝をたてた格好でだらりと凭《もた》れ、紺縞の着物に手拭で頰かぶりをしていた。

「船頭さん、三原橋か木挽橋あたりで、軽く遊ばせてくれる茶屋か船宿を知らねえかい。あまりおあしのかかるのは困るが、いい女がいそうな店をさ」

雁次郎がまた言った。

船頭があれこれ言うのを、雁次郎はそそられた様子で「ほお」とか「ああ」とか相槌《あいづち》を打って聞いていたが、十五はまるで素知らぬ風だった。

三原橋の河岸場で猪牙を下り、茶屋や船宿、料理屋が賑やかにつらなり、客引きや女の嬌声、管弦の音が賑やかな木挽町の土手通りを、六丁目の方へぶらついていった。

「どこまでいくんだい」

寒そうにすぼめた肩を雁次郎に並べ、袖に手を入れた格好で十五が訊いた。

「六丁目の裏店だ。だいたい場所はわかる。念のためにどんな店か見ておく。相手は町絵師だ。名前は錦修斎。こんな絵を描いていやがる。元御家人の部屋住みだったらしい。近ごろちょいと名が売れ始めていてな。知っているやつがいた。そいつからそれとなく聞き出した」

雁次郎が懐から読売をとり出し、十五に渡した。

十五は夕暮れの薄明かりと町明かりに照らして読売を見たが、字は読めない。

「この絵か。上手《うめ》えじゃねえか。なんて書いてあるんだ」

「知らねえ」

雁次郎も字を読めなかった。

「誰に頼まれた」

「知りてえかい」

「別に、どっちでもいいけどよ」

雁次郎は旗本の倅らの名を上げ、仕事を頼まれた経緯を話した。

ただ、金額は五両と言った。人手が三人に見張りが二人などと、そんなつもりは端《はな》からなかった。

自分ひとりで片づけ、下富坂の矢場《丸太》の女将に口止め料の一両ばかりを渡し、残りを丸々懐に入れることはできるが、仕事の途中で女房に騒がれてはまずいと考え、十五に声をかけた。

旗本の馬鹿息子らは何もわかっちゃいねえ。これまで働いた押しこみは、十本の指じゃ足りねえくらいの数になる。殺しなんて簡単なんだ」

雁次郎は、組橋へ金を持ってきた高木喜一郎ら三人を思い出して笑った。

餓鬼が、いつもいつも三人でつるんでいやがる。

木挽町の五丁目と六丁目の横町を、六丁目の方の路地へ折れた。

どぶ板の通った路地を挟んで片側に二階家の割長屋一棟、片側に平屋の棟割《むねわり》長屋二棟がつらなり、棟割長屋の二棟の間に屋根つきの井戸があった。

どれも板葺《いたぶき》屋根の裏店の周囲を、土蔵や表店の瓦屋根が囲んでいた。

腰高障子を透《とお》して明かりが路地へもれているが、路地に人影はなかった。あちこちの店で夕飯にかかっているらしく、路地はいい匂いがした。

雁次郎がある二階家の前へきて足を止めた。表障子に板戸は閉じられておらず、障子に明かりは映っていなかった。

「たぶんここだ。暗いな。まだ帰ってねえか」

「女房が、いるんじゃねえのかい」

「女房は町芸者らしい。稼ぎに出てるんだろう。裏に廻ってみよう」

二人は暗い路地でひそりと交わし、路地奥の稲荷《いなり》の祠《ほこら》のあるわきより二階家の裏手へ廻って、だいたいの様子を確かめた。

「近所に犬はいねえな。犬がいたら厄介だからよ」

雁次郎は饅頭笠の下で薄笑いを浮かべた。

それから、通り抜けのふりをして路地の反対側へ抜けた。

路地から土手通りへ出る路地へと折れたとき、大工道具を担いだ職人風の男といき合った。

「おう、おめえら、どこのもんだ。明かりも持たねえで、なんでこんなところをうろついていやがる」

あたりはすっかり暮れていた。職人は裏店の住人らしかった。

「怪しい者ではございやせん。いえね、汐留《しおどめ》へいく近道かと思って通り抜けようと思いやしたら、いけそうにねえんで、土手通りはこっちかなと見当をつけやして」

「汐留へ？　そうかい。土手通りはこの先だ」

「どうも、相すいやせん」

二人は職人から顔をそむけ、そそくさと歩み去った。

土手通りを七丁目までいき、土手通りの船宿に上がった。

近ごろの船宿は、船遊山より二階の小座敷に馴染みの芸者を呼んで三味の爪びきを聞きながらちびちびとやる、浅酌低唱《せんしゃくていしょう》が粋《いき》な遊び方になっていた。

話がまとまれば、芸者と褥《しとね》を共にもできる。

船宿の女将が馴染みでなくても遊べると言うので、芸者を呼んで四ツまで酒盛りをし、芸者が退いてからもぐずぐずと四ツをだいぶすぎた刻限まですごした。

泊まることもできたが、用を思い出したので今日は帰る、と勘定を言いつけた。

「船の支度を、いたしますか」

女将に訊かれ、

「家は本八丁堀《ほんはっちょうぼり》ですぐだから、船はいい。それより、提灯を用意してくれるかい」

と、いい加減なごまかしを言って、七丁目の船宿を出たのが四ツ半すぎだった。

夜更けの土手通りは、深々と冷えこんだ。犬の遠吠えが、師走の澄んだ星空に長く響き渡った。

「あんなに遊んで顔を覚えられた。まずいんじゃねえのか。おら、酒を呑んでいても気が気じゃなかったぜ」

そろそろということもあって、十五が幾ぶん上ずった声を抑えて言った。

「でえじょうぶさ。おれの言う通りにやってりゃあ間違いねえ。簡単な仕事だ。誰にも気づかれやしねえよ。これまでもそうだったろう」

雁次郎が額の皺のような疵を、指先でなぞった。

「そりゃあ、そうだが……」

「それにほとぼりが冷めるまで、当分はこっちには顔を出さねえ。そのうち、貧乏絵師と女房のことなんか、みな忘れちまうさ。もうすぐだ。提灯を消せ」

饅頭笠を持ち上げ、暗い通りが見渡せるかのように狐目を投げた。

雁次郎はこれまで、数々の押しこみを働いたし、金で頼まれ様々な始末を請け負ってきた。

元々、荒っぽい手口でその筋では知られた男だった。だが、請け負った仕事を縮《しく》尻《じ》ったことはなかった。入念に手だてを考えていても、仕事が思わく通りに運んだためしなどない。いつもなりゆきなのだ。

要は、腹を据えて流れに任せてやるのが雁次郎のやり方だった。

宵に大工の職人といき合った六丁目の路地へ折れた。

もうひとつ路地を折れた目あての裏店は暗闇に包まれ、寝静まっていた。

路地の軒影の上方を星空が覆っていた。

「板戸が閉じてある。宵は表障子だけだった。戻っていやがるぜ」

雁次郎が路地の先の、修斎の店あたりを見やってささやいた。

「見えるのかい」

「見えるさ。おれは夜目《よめ》が利くんだ。これからはいつも通りだ。おれが指図する。おめえはわかったら頷き、わからなかったら首を横だ。いいな」

十五が頬かむりの手拭を締めなおしながら、こくこくと頷いた。

二人は着物をしっかりと尻端折りにし、懐の匕首《あいくち》を握った。

雁次郎が先に草履を忍ばせ、稲荷の祠の脇から二階家の裏手へ廻っていく。

そこから各店の狭い物干し場のような裏庭が続いていた。

店ごとの垣根がないのは宵の下見でわかっていたから、修斎の店の裏庭まで物音をたてぬようにいくことはむつかしくなかった。どの店の濡れ縁の上にも、二枚の板戸がたててある。

修斎の店の裏庭まできて、雁次郎が板戸を指差し、命じた。

「はずせ」

十五は濡れ縁を撓《たわ》ませ、わずかに板戸を震わせつつ両腕で抱えるように片側をゆっくり、そっとはずした。

代わって雁次郎が明障子を二寸ばかり音もなく開けた。

中の様子を探り、さらに二尺ほどまで開いた。

饅頭笠のまま身体を縮め、野良猫みたいな格好で忍びこんでいった。

部屋は四畳半だった。

部屋にも台所の方にも人の気配はなかった。

一方の壁側に引違いの襖《ふすま》があった。片方の襖を開けると狭い急な階段があり、片方は階段の下の押し入れになっていた。

「二階だ」

雁次郎が二階の暗闇を見上げつつささやき、懐の匕首を引き抜いた。

背後の十五へ目配せを送ると、十五もすでに匕首をかざしていた。

階段が雁次郎の足の下でかすかな軋《きし》みをたてた。すぐ後ろから十五が慎重に階段を上がってくる軋みが続いた。

これぐらいなら気づかれる心配はねえ、と二段、三段とのぼって確信した。

暗がりの中に、手すりが浮かんでいる。

雁次郎は階段の途中から首をのばし、二階の部屋の様子をのぞいた。

狭い部屋一杯に夜具の影と、隣の部屋との仕きりらしい引違いの襖が見えた。

静かな寝息が聞こえている。

「まず、おれが修斎を殺る。おめえはおれの後ろから、女房が目を覚まして叫ぶ前に押さえろ」

後ろの十五にささやきかけ、十五が黙って頷いた。

雁次郎は階段をのぼった。

そこで息を殺し、三畳ほどの部屋に敷きつめた布団を凝視した。

闇を透かして右手に男、左手に女房の白い顔がぼんやりと見分けられた。だが、顔だちまではわからない。

どんな男だ……

思いながら、じわ、じわ、と畳を踏み、布団の縁を枕元の方へ忍んでいった。

修斎は顔を仰向け、女房は修斎の方へ向いて横になっていた。

雁次郎は片膝をつき、片手でくるりと匕首を逆手《さかて》に持ち替えた。

続いて階段をのぼった十五は、のぼり口に片膝をつき、やはり匕首を逆手に持ち替え身がまえた。

暗い部屋に流れる二人の寝息が、死にゆく者のうめきに聞こえた。

いつも通りだ。楽勝だぜ。

そのときふと、高木喜一郎の言葉がよぎった。

そうだ、と雁次郎は思わずほくそ笑んだ。匕首を顔の上までかざし、

「修斎、道助に会ってこいや」

と、呟きかけた。

匕首をふり下ろした。

途端、修斎の長い腕が布団の外へ突き出され、雁次郎の手首をつかんだ。

あっ——雁次郎は暗闇の中へ声を漏らした。

「修斎、道助に会ってこい……」

誰かの大声が、修斎を目覚めさせた。

すると暗がりの中に、饅頭笠をかぶった影とかざした匕首が見えた。

考える間はなかった。咄嗟のことだった。

布団から手を出し、影の手首をつかんだ。

「あっ」

相手の鋭い狐目と目を、一瞬、交錯させた。次の瞬間、修斎は跳ね起き、影の喉首を鷲《わし》づかみにした。

「くそが、じゅ、十五……」

影が喚いた。階段ののぼり口にもうひとつの影がうずくまっていた。十五と呼ば

れた影が、

「雁次郎っ」

と叫んだ。

修斎目がけて躍り上がった。

その手に匕首らしき白い得物が見えた。

修斎は雁次郎とつかみ合いながら、暗がりに躍った影へ長い脚を突き上げた。

十五の影がはじき飛ばされた。

飛ばされた影は悲鳴を上げ、手すりを激しい音をたててへし折り、階下へ転げ落ちていった。身体が階段をはずんでいくと、家がゆれた。

その咄嗟の間も、雁次郎は修斎の手をふりほどこうともがいていた。

二人はもつれ、仕きりの襖を押し倒して隣の四畳半へ倒れこんだ。

雁次郎も身体の割に力は強かったが、つかみあい、もつれ合って初めて修斎が六尺の大男だと聞かされたことを思い出した。

大抵の力ではなかったし、つかみ合ったまま起き上がった修斎の頭が天井にあたるのがわかって、雁次郎は大きさに魂消《たまげ》た。

暗がりの中でその大きさが、尋常《じんじょう》の者とは思われなかった。

こんな化物かよ……。

それでも懸命に抗《あらが》った匕首の切っ先が、修斎の上腕を疵つけた。

「お万智、人を呼べえ」

修斎が叫んで、首を鷲づかみにした雁次郎を放り投げた。

雁次郎の身体は俵みたいに飛び退り、出格子窓《でごうしまど》の障子戸を破って、たてた板戸をくだいた。板戸がはずれて倒れ、冷たい夜気が部屋へ吹きこんだ。

雁次郎はかろうじて身体を支え、転落を堪えた。

匕首をくるりと持ち替え、修斎へ再び襲いかかった。

そのとき、お万智が暗い部屋に甲高い叫び声を響かせた。

「誰かあ、助けてえ。誰かああ」

かまわず、

「死ねえ」

と、雁次郎の匕首が斬りかかった。

修斎はそれを雁次郎の手首に肘《ひじ》を交差させて防ぐと、間髪容《かんはつい》れず片手にした得物を雁次郎の首筋へ、ずん、と突き入れた。

「くわああ」

雁次郎は首を折って、獣みたいな鳴き声を震わせた。

得物は仕事場においている火鉢の火箸《ひばし》だった。雁次郎を放り投げた咄嗟に、つかんでいた。

修斎は雁次郎が怯んだ隙を逃さなかった。

匕首を握った腕へ長い腕をぐるりと廻し、肘を天井へねじり上げた。

雁次郎の悲鳴が上がった途端、ねじり上げられた肘が乾いた音をたてて奇妙な形に折れ曲がった。

悲鳴が泣き声に変わり、震える手から匕首が力なくこぼれ落ちた。

「助けてえ、誰かあ……」

お万智の絶叫がなおも続いた。

雁次郎の泣き声とも悶《もだ》え声ともつかぬ声が、お万智の絶叫にまじる中、雁次郎はぐにゃりと仰むけにくずれ落ちていった。

「お万智、もういい。もういいぞ」

「あんた、ぶぶ、無事なのね」

「ああ、無事だ。明かりをつけてくれ」

お万智が燧《ひうち》を打って、つけ木から行灯へ火を入れた。

行灯に明かりが灯ると、仰向けに倒れた雁次郎が饅頭笠をかぶったままの顔を震わせ、虫の息ですすり泣いていた。

火箸が首筋に深々と刺さり、身体が細かく痙攣《けいれん》している。黒足袋に着けた草履の片方が、見えなくなっていたが、足下に匕首が落ちていた。

「まだ生きてるわよね。ど、どうするの」

お万智が行灯の明かりの中で、身をすくめた。

「火箸を抜くと血が噴き出ると思う。医者を待った方がいいが、もう長くないかもしれない」

修斎は匕首を拾い、雁次郎の傍らにかがんだ。

路地では起き出した住人が騒ぎ、修斎の店の表の板戸を激しく叩いた。

「修斎さあん、お万智さあん、無事なのかい」

「お万智さん、無事なら顔を出しな」

住人が、明かりの灯った二階へ呼びかけた。

お万智は雁次郎の様子を恐る恐るうかがいつつ出格子窓へ出て、はずれた板戸の間から路地にいる住人へ顔を見せた。

「はい。うちの人も無事です。今、戸を開けます。どなたか、町役人さんを呼んでください。それと怪我人がいます。お医者さんも……」

「わかった。すぐ呼んでくるからね」

路地のどぶ板を、どたどた、と住人らが踏み鳴らした。この騒ぎに目を覚ました赤ん坊の泣き声や、子供の声がまじった。お万智が階段のそばへいくと、

「いやだ、あんた。下に人が倒れてる」

と、金きり声で修斎を呼んだ。

修斎は雁次郎より身を起こし、行灯の把手《とって》をとってお万智の横合いから階段の下へ明かりを向けた。

階段の下には、首を歪《いびつ》に曲げた十五が両脚を階段の上に向けた逆さの格好で、むき出した白目を虚空へ投げていた。

九

騒ぎを聞きつけ天一郎と和助、遅れて三流が修斎の裏店に駆けつけたのは、南町の当番同心が紺看板の中間を引き連れて出役し、修斎の店の簡単な検視のあと、修斎とお万智に事情を訊いているときだった。

医者も呼ばれたが、医者が裏店にきたときには、ほぼ即死とみられる十五のみならず、雁次郎も息絶えていた。

二人の身元は、修斎が暗がりの中で呼び合うのを聞いた《がんじろう》と《じゅうご》と言う名以外は不明だった。

町方の指示で雁次郎と十五の亡骸《なきがら》は運び出され、路地奥に筵《むしろ》をかぶせて寝かされた。死体捨て場に運ぶ荷車と人足の手配は町役人がやってくれた。

ただ二人は巾着《きんちゃく》や胴《どう》巻《ま》きに数両、数十両の大金を持っていて、流しの押しこみ強盗とは思われなかったし、何より、押しこんだ男が「修斎、道助に会ってこい」と言ったことが、背景にいわく因縁をうかがわせた。

事情を訊ねた若い当番同心は、訝しそうに口を尖らせ修斎に言った。

「で、修斎、おめえ人に恨まれることが、何か身に覚えはあるのかい」

修斎は、甥の中原道助の災難から番町の旗本の倅らとの経緯をひと通り話し、

「しいて言えば、それが……」

と、言い添えると、当番同心は眉をひそめ小首をかしげた。

「わかった。念のためにそっちの方を調べてみよう。だが修斎、おめえの事情は呑みこめたが、あんまり先走って、人騒がせなことをするんじゃねえぜ」

当番同心は意味深長《いみしんちょう》な言葉を残し、中間共々、引き上げていった。町方が引き上げたのを機に、住人たちはそれぞれの店に入り、町役人も人足と荷車がきたら知らせるということで自身番《じしんばん》へ戻った。

一段落し、天一郎と三流と和助の三人は修斎とようやく話すことができた。

すでに、真夜中の八ツに近かった。

「お茶の用意をします」

と、お万智が竈《かまど》に火を熾し茶の支度にかかった。

「胸の動悸《どうき》が鎮まらん。お万智にも恐い思いをさせてしまった。茶が飲みたい。亡骸を運び出すまで眠るわけにもいかんし」

修斎が顔を曇らせ言った。

「わたしらもそれまでつき合う。明日は店の片づけを手伝う。腕の疵はどうだ」

修斎の上腕の袖に、雁次郎の匕首で受けた疵の血がついていた。

「疵は浅い。医者も大したことはないと言っている」

「ともかく、無事で何よりだった。知らせを聞いたときは驚いた」

「本当にびっくりしましたよ。わたしは酔っ払って末成り屋に泊まっていたんです」

「わたしも酔って、前後不覚で眠っていた。まったく気づかなかった。危ないところだった」

「四人共々、ひどく酔っていた。少々油断があったかな」

天一郎は三人を見廻した。

「だが、突然、声が聞こえて目覚めたのだ。びっくりするくらいの大声だった」

「へえ。どんな？」

和助が聞いた。

「修斎、道助に会ってこい。確かに、そう聞こえた」

小さなうめき声が四人を包んだ。

「今思えば、道助に呼び起こされたような気がしてならない。道助が助けてくれた。二人組はわたしと道助の名前を知っていた。おそらく、金でわたしの始末を請け負ったのだ。お万智まで道連れにされるところだった。誰の差し金か、明らかだ」

修斎が顔を曇らせ、竈に薪をくべているお万智の背中を見やった。

「和助、調べてみよう。このまま見すごすわけにはいかぬぞ」

「むろんですよ。とことんやりましょう。また新たな読売が、出せますね」

「また、鍋島小右衛門が嫌がらせにくるような読売をな」

と、それは三流が言った。

「けどな、くれぐれも用心してくれ。ここまでやってくるとは思わなかった。わたしの事情で、みんなの身に何かがあったら、申しわけない」

「修斎、わたしらに気遣いはいらぬ」

「そうですよ。読売屋は相身互《あいみたが》い、ではないですか」

「修斎、お万智さんと当分、汐留へこい。お佳枝にも修斎とお万智さんを連れてくると言ってある。小さくとも船宿だ。部屋はあるから気がねはいらん。それでいいですね、お万智さん」

三流がお万智の方へ分厚い上体をひねって言った。

「修斎、そうさせてもらった方がいい。ひとりより二人の方が何かと心強いし、お万智さんも安心だろう」

「わたしも当分末成り屋に泊まりこんで、天一郎さんと一緒にいることにします。天一郎さん、その方が心強いでしょう」

和助が言った。

「あ？ それは、まあそうだが……」

「なんですか。気乗りがしなさそうですね。もしかしたら、美鶴さんがこっそり訪ねてくるから、わたしが邪魔だと、仰るんじゃないでしょうね」

「こんなときに、つまらぬ戯言《ざれごと》を言うな」

天一郎が苦笑し、三流と修斎が呆れて噴き出した。

第三章　洲崎弁天通り

一

師走の押しつまった大晦日《おおみそか》は、厚い雲が江戸の空を一面に覆って、ゆき交う人々の息が白く寒い一日になった。

それでも大晦日ともなれば、誰であれ心なしか浮き足だつような忙《せわ》しなさが感じられ、町の賑わいは朝から続いていた。

四つ竹を打ち鳴らす節季候《せきぞろ》の門付《かどづけ》芸人の、「せきぞろござれや……」の唄声、町から町をへめぐる獅子舞《ししまい》の一行、また料理茶屋で開かれる別歳《べっさい》の宴で鳴らされる管弦の響き、そして掛乞《かけごい》の急ぎ足の下駄の音など、慌ただしい大晦日の午後だった。

築地にある姫路酒井家上屋敷の裏口を抜け出た美鶴とお類は、築地川の堤道を北へとった。

堤道を一町もいかぬ先に末成り屋の古びた土蔵が、曇り空へくすんだ瓦屋根を持ち上げていた。

お類は美鶴のお供で久しぶりに末成り屋へゆくのが、楽しげである。

武家の娘がそんなことはしないが、鼻歌まで出そうな様子だった。陽射しはないけれど、美鶴は菅笠をかぶり、お類は編笠を着けていた。

美鶴の腰に帯びた朱鞘の両刀は、今日も鮮やかでいかめしい。

ところが、美鶴は末成り屋の前を素知らぬふうに通りすぎ、築地川に架かる萬年橋の方へ足早に歩んでいった。

「美鶴さま。末成り屋を通りすぎてしまいましたよ。どちらへゆかれるおつもりなのですか」

お類が末成り屋の土蔵から美鶴の背中へ眼差しを移し、訝しげに質した。

美鶴はお類へふり向きもせず、答えた。

「今日はこれから深川に用がある。お類は深川へいったことがあるか」

「ありませんよ、深川なんて。がさつな町ですもの。いかがわしい盛り場があちこちにあって、柄《がら》の悪いのもうろついていて、ご存じなのですか」

「いきたくなければ、お類はこなくてもよいぞ」

菅笠の下で美鶴の美しい横顔が微笑んだ。

「とんでもありません。深川なんかへ美鶴さまおひとりでいかせられませんよ。絶対お供しますからね」

と、お類は片はずしに結った髪にかぶった編笠を、きりり、とかぶりなおした。

「で、美鶴さまが深川なんかに、なんのご用がおありなのですか」

「お類、島本の祖父さまにも家中の者にも、深川へいくことは内緒だぞ。ある者に会いにいく。会って、話を訊きたいのだ」

「ふうん。それで裏口から？　菅笠をお被りなのは、ご用心のよろしいこと、と思っていたのですけれど……」

お類は考えて小首をかしげた。

もしかして、美鶴さま——と、お類がなおも質した。

「榊原家の竹川肇さんのことで、またどなたかをお訪ねなのですか」

「そうだ。面白いところへいくのではない」

美鶴の背中が答えた。

先だって、美鶴は一ツ橋御門外の越後高田榊原家の上屋敷に、ある年配の家士《かし》と面談し、榊原家の剣術指南役の家柄である竹川家の事情を訊ねていた。

竹川家は先々代の甲左衛門という武芸者が諸国に名を知られていた。先代にあたる竹川肇は甲左衛門を継いで、榊原家剣術指南役を務めていた。

十数年前、門弟を竹川家の養子に迎え剣術指南役を退くと、高田領の里山に粗末な庵を結び、俗世《ぞくせ》と縁を断《た》ったも同然の独居を送っていた。

すでに六十を幾つか超えており、高田領内においては竹川肇を覚えている者は数少なく、安否《あんぴ》さえ気にかける者はわずかになっていたという。

その今は老侍となった竹川肇が、江戸へ何かの用を果たすために出てきた。

美鶴とお類が面談した榊原家上屋敷の家士は、竹川肇の出府を知らなかった。五十をこえた江戸勤番の家士で、同じく酒井家の江戸勤番の島本文左衛門、すなわちお類の祖父と旧知の間柄であった。

「そのようなことは聞いておりません。竹川先生が出府なされておられるなら、上屋敷へお見えにならぬのは合点《がてん》がゆきません。同名の別のどなたかと、お間違えではございませんか」

家士は美鶴の問いに、首をひねった。

隠居であっても家臣である。国を出るときはお家の許しを得なければならない。

美鶴は、三十年以上前、まだ三十代半ばに達していなかった竹川肇が、江戸勤番の家士だったころの様子をしきりに訊ねた。

だが、家士は首を左右にするばかりだった。

「それがしは竹川先生と十歳近く歳が離れ、先生の門弟だったというだけのかかわりでござる。先生ご自身の平常のご様子は殆ど存じません。先生の同年配で江戸勤番であった方々ならご存じかもしれませんが、今はどなたも隠居をなされ、亡くなられた方々もおられます。ただ……」

と、家士は続けた。

「竹川先生が若い江戸勤番侍だったころ、盛り場でずいぶんと浮き名を流されたという噂だけなら、聞いた覚えはあります」

美鶴は、元御公儀御先手組の水月閑蔵という三十一をすぎて間もなく亡くなった旗本の過去にも好奇心を示した。

水月閑蔵は天一郎の父親だった。水月閑蔵の過去を知るため、伝《つて》を頼って幾人かの旗本を訪ねて廻ったときにも、お類は供をした。

竹川肇はその水月閑蔵の友でもある。

三十年をへて、今は老侍となった竹川肇がひとり出府し、三十年前に亡くなった友の倅である天一郎に会いにきたわけを、美鶴は知りたがった。

お類は、美鶴の好奇心の旺盛《おうせい》な気質を知っている。

けれどお類は、事が天一郎にかかわりがあると、美鶴の好奇心が少々むきになりすぎるきらいがあり、ちょっと気がかりではあった。

ああ見えて美鶴さまは初心《うぶ》でひと筋だから、わたしがお守りしなければ——と、お類は思った。

萬年橋から武家屋敷地を抜けて、船松町《ふなまつちょう》の河岸場へ出た。

そこは佃島《つくだじま》への渡し場でもある。

灰色の海を挟んで、佃島の浜に漁船が舫《もや》っていた。佃島の左手後方に大川の河口付近が見渡せ、川向こうに曇り空が覆う深川の町並みが眺められた。

船松町の河岸場から川船を頼んで深川へ渡った。

深川の大島川に架かる新地橋の河岸場で船を下りた。

新地橋は、中島町と大新地と呼ばれている築出新地をつなぐ木橋である。

美鶴は物怖《ものお》じもせず、河岸場から新地橋の南詰に枝垂《しだ》れ柳が枝を垂らした大新地の通りへ出た。

新地の番小屋の若い衆が、美鶴とお類の道連れを訝しんで睨みつけた。

「美鶴さま、ここがどういうところかご存じなのですか。こんなところへきて、どういうおつもりなのですか」

お類が気が気でないというふうに、声を忍ばせて美鶴に質した。

「お類の祖父さまの知り合いの、そのまた知り合いの紹介だ。心配ない。紹介状をもらっている。だがくれぐれも、祖父さまには内緒だぞ」

美鶴が整った横顔をお類へ向けて繰りかえし、微笑んだ。

曇り空の寒い大晦日の午後にもかかわらず、通りは嫖客で賑わっていた。

客引きが通りがかりの袖を引き、格子戸をたてた張見世の女郎が客に媚《こび》を売り、茶屋の二階の出格子にかけた女らが嬌声を上げ、笑い声をまき、通りの嫖客と言い合ったりしていた。

三味線や、鉦《かね》や太鼓の音も聞こえてくる。

そんな通りを、菅笠に顔を隠し両刀を帯びた拵えとは言え、ひと目で艶《あで》やかな若い女とわかる美鶴は、人目を惹かずにはおかなかった。

振袖の小娘のお類を従え黙々とゆく美鶴のゆく手を、嫖客らが互いに袖を引き合って左右によけたため、自然と道が開けた。

美鶴をうかがい見てひそひそ声が交わされ、客引きは照れ笑いを投げて美鶴を見送り、通りがかりをからかっていた茶屋の二階の女や張見世の女郎らでさえ、ちらり、と菅笠の下に見えた美鶴の相貌に気後《きおく》れを覚えて目をそむける者もいた。

さほどもゆかず、美鶴は一軒の色茶屋の半暖簾を勝手知ったふうに払った。

茶屋の若い衆や使用人、居合わせた客や女らの目がいっせいに土間に入った美鶴とお類へそそがれ、一瞬、土間はしんと静まった。

お類は恐くなって、美鶴の後ろに隠れた。

二階で三味線が鳴り、女の嬌声が聞こえた。

そこへ遣り手と思われる大年増が、からから、と下駄を鳴らして、美鶴の前に現われた。

「これはこれは、なんとまあ……」

女は顔中を皺だらけにして美鶴の後ろに隠れた類へ鉄漿《おはぐろ》を見せ、すぐに美鶴へ皺だらけの笑顔を戻した。

「おいでなしやし。お客さま、ご用をおうかがいいたしやす」

美鶴が菅笠をとると、周囲から溜息やざわめきが低く起こった。

「こちらは築出新地の茶屋・大栄楼《だいえいろう》さんとうかがい、お訪ねいたしました。壬生美鶴と申します」

美鶴は女に一礼し、拵えに似合った凜々《りり》しい眼差しを投げた。そして、

「ご亭主の光三郎《みつさぶろう》さんに、おとり次ぎをお願いいたします」

と、懐から一通の書状をとり出した。


半刻後、美鶴とお類は大栄楼の若い衆の案内で洲崎を目指していた。

紺看板の若い衆は大島川の南堤をゆき、武家屋敷地から佃町、入船町、木置《きお》き場をすぎ、やがて平野橋の袂《たもと》まできて歩みを止め、美鶴へふりかえった。

「お客さん、あそこに川船が浮かんでおりやすね。確かあれが、お登紀婆さんの船でごぜいやす」

若衆が指差した平野川がゆるやかにのぼる一町足らず先に、土手の枯れた灌木や雑草に隠れているみたいに茶船が見えた。

網代に編んだ粗末な掩蓋《えんがい》が、お登紀の川船を覆っていた。

「煙がのぼっておりやすから、お登紀婆さんはおりやすよ」

川船の艫の方から、掩蓋の上へ薄い煙がのぼっていた。

空は一面の雲に覆われていたが、あたりは冷たく澄んだ気配に包まれていた。

平野川の対岸は木場と入船町の町家で、南側には洲崎の海が広がっている。

堤道の数町東は、弁才天吉祥寺と門前に並ぶ茶屋が見渡せた。

「世話になりました。ここまででけっこうです。ご亭主の光三郎さんに、何とぞよしなにお伝えください」

「どういたしやして。何かご用ができやしたらいつでもお声をおかけくだせえ。それではあっしはこれで」

と、若い衆は美鶴とお類に腰を折って戻っていった。

「あの船のお登紀という人が、竹川肇さんの馴染みのお女郎だったのですか」

川船へ見かえり歩み始めてから、お類が聞いた。

「そうらしい。竹川肇さんだけではない。天一郎の父親の水月閑蔵という旗本とも馴染みだったそうだ」

「ええ？　そんなみだらな……」

「そういう客商売なのだ。それがあたり前だ」

「でも、竹川さんと水月閑蔵さんはお友だちだったのでしょう。そういうのって、平気なのかしら」

お類の大人びた物言いに、美鶴は笑わされた。

枯れた蘆荻や灌木が土手を覆い、お登紀の川船も川縁に浮かんだ枯れ草や木々の一部みたいに見えた。

掩蓋の反対側にゆれる煙のそばに、少々くずれた島田が見えた。

乱れた島田の下に白粉顔の年増が、だんだん姿を現わしてきた。

年増は赤紫の単に紺地に草色の縞の綿入をまとっていた。首筋の白粉が斑《まだら》に剝げ、綿入の袖が破れて白い綿がはみ出し、みすぼらしいなりが寒々として見えた。

「あれがお登紀さんかしら」

美鶴のすぐ後ろをついてくるお類が、好奇心をふくらませて言った。

美鶴が道端に佇んだ。お類が並びかけ、お登紀の仕種を見守った。

土手を二、三歩下りたところから川船の艫へ板が渡され、猫柳の枯れ枝が渡し板にかぶさっていた。

お登紀は艫の板子で七輪の前にかがみ、何かの干物を炙っていた。とき折り、破れた団扇で七輪をあおいで、干物を炙るかすかな臭みが堤道に流れてきた。

掩蓋の出入り口に二枚の筵莫蓙が垂れ下がって、中は見えなかった。

弁才天吉祥寺の参道のため参詣客が通るが、大晦日の遅い午後になって、人通りはめっきり少なくなっていた。

気《け》だるそうに団扇をあおいでいたお登紀が、美鶴とお類にやっと気づいた。

はぁ？　とお登紀は、堤道に佇み自分を見ている様子の二人連れを訝しんだ。ひとりは菅笠に二刀を佩《は》いた袴の拵えながら、明らかに女であり、ひとりは編笠に振袖の上等そうな身なりの娘だった。

なんだろうね、とお登紀は目をぱちくりさせた。

「お登紀さんか」

美鶴が先に、やわらかく声をかけた。

お登紀は白粉顔を頷かせた。

「そうだよ。お客さん、あっしに用かい」

老女の嗄《か》れた声が鉛色の川筋に流れた。

「お登紀さん、竹川肇という侍を知っているな。三十年前、越後高田領榊原家の江戸勤番侍だったと聞いている。今はすでに六十をこえているが、この冬、江戸に出てこられた。お登紀さんに、竹川肇さんの話を聞かせてほしいのだ。竹川さんの居どころをご存じなら、うかがいたい」

お登紀はすぐに返事をしなかった。団扇をあおぐ手が止まり、何か考えを廻らせているみたいに見えた。

「竹川さんと、どういうかかわりだい」

短い沈黙をおいて、お登紀は言った。

「壬生美鶴と申す。これは類……」

美鶴が菅笠をとき、お類も編笠をとった。

二人の佇まいの周りが、曇り空から不意に特別な日が差したような輝きに包まれて、一瞬、お登紀は見とれた。二人は歳の離れた麗《うるわ》しき姉妹に見えた。

「竹川さんはわが知り合いにいささか、かかわりのある方なのだ。先だって、偶然にそれを知る機会があった。それについて、ある事情があってうかがった。決して怪しい者ではない」

「どこの大家のお嬢さま方かは知らないけど、お姉さんの方はずいぶんと勇《いさ》ましい拵えじゃないか。竹川さんにかかわりのあるその知り合いじゃなくて、どうしてお嬢さま方なんだい。事情って、どういう事情だい」

邪《よこしま》な気配は感じられなかったが、お登紀は用心を解かなかった。

「こみ入った事情ではない。ただ、上手く話すのはむずかしい」

美鶴は束の間、考えた。

「知り合いは、今日わたしがお登紀さんに会いにきていることを知らない。事情をしいて言えば、知り合いのためではなく、わたし自身が竹川さんが何ゆえ江戸へ出てこられたのか、わけを知りたいゆえ、と言うしかない。これも偶然、竹川さんの若き日、お登紀さんは竹川さんの馴染みだったと知った。お登紀さんが何かをご存じなのではないかと思った。だからきた」

「知り合いは、お嬢さまのいい人かい」

「それもひと口には言えぬ」

「……確かに、むずかしそうなお嬢さまだね。ここが、よくわかったじゃないか。誰に聞いたんだい」

「築出新地の大栄楼という茶屋のご亭主の光三郎さんにうかがった。大栄楼はお登紀さんが、初めて奉公した茶屋だそうだな」

お登紀は目をしばたたかせ、綿入の襟をかき合わせた。

七輪で炙っている干物を思い出したかのように、忙《せわ》しなく団扇を動かし、すぐに力なく団扇は止まった。そのとき、

「お登紀……」

と、掩蓋の中から物静かな、少しかすれた声がお登紀を呼んだ。

「美鶴さま、誰かいますよ」

お類が美鶴へささやいた。

うん——美鶴は掩蓋の出入り口を覆う筵莫蓙を見つめていた。

お登紀は艫の板子に膝だちになって、垂らした筵莫蓙をわずかに退けて中へ白粉顔をのぞかせた。

「誰か訪ねてきたよ。どうする」

「誰だ」

「若い綺麗な女の人だよ。それと可愛らしい娘さんの二人。名前は、ええっと名前は……」

お登紀が美鶴の方へ見かえった。

「壬生美鶴と類です。竹川さん、先だって、末成り屋の天一郎さんの土蔵でお会いしました。あのとき、榊原家剣術指南役の竹川甲左衛門さまのお噂を、おうかがいした者です」

美鶴が堤道から掩蓋へ、澄んだ声をかけた。

「……ということだって。けど、女の人は刀を差しているよ」

沈黙があり、掩蓋の中で物音がした。お登紀が筵莫蓙を払って掩蓋の中へ入り、竹川が何かするのを手伝っているみたいだった。

やがてお登紀が筵莫蓙の間から顔を出し、堤の美鶴とお類へ照れ臭げに言った。

「お嬢さま方には狭くて汚いけれど、どうぞ」

艫の七輪の干物が、焦げた煙を上げ始めていた。

二

竹川肇は病の床に、ついていたらしかった。

その身を起こし、深縹《ふかはなだ》の帷子《かたびら》の肩に黒繻子の羽織を袖を通さず羽織って、舳側を頭にのべた寝床の枕頭《ちんとう》に端座していた。

白髪を総髪にして一文字に結った髷が緩んでいた。頭の地肌が透けて見え、眼窩《がんか》は青白く窪《くぼ》み、頬骨や顎の骨がわかるほど痛々しくこけていた。

力なく閉じた唇の周りを、銀色の無精髭が薄く覆っている。

少しはだけた胸元から長い首筋の肉が落ち、しみの浮いた肌の衰えは露《あら》わだったが、広い肩幅や背筋がひと筋にのびた姿は、若き日の武芸者の面影を偲ばせた。

竹川の後ろに黒鞘の二刀が、すでに役目を終えたかのように横たえられていた。

表船梁《ふなばり》から艫船梁の間を竹の骨組みに竹皮を網代に編んだ掩蓋が覆い、舳から艫まで板子が一面に張られていた。

竹川は、美鶴とお類へ優しい笑顔を浮かべて言った。

「このようななりで、失礼いたします。先だっては末成り屋の土蔵には似合わぬ美しいあなた方に戸惑い、つい粗雑な言行をいたしました。お許しください。姫路酒井家江戸家老・壬生左衛門之丞さまのご息女・美鶴さん、でしたな。そちらの可愛い娘御は、妹のお類さん……」

布団のわきに着座した美鶴と並んだお類を、やわらかな笑みを浮かべた眼差しで見守った。

「お類は妹ではありませんが、妹のようなものです。わたしが出かけるときはいつも監視役でついてまいります」

「そうか、お類さんは美鶴さんの監視役か。偉いな」

「そうなんですぅ」

お類が大人ぶって言ったので、竹川は愉快そうに微笑んだ。

「ご病気だったのですね」

「はい。天一郎さんにもう一度、会わねばならぬのに、このていたらくです。ありていに申せば、余命は幾ばくも残されておりません。死の病です。ときがない。にもかかわらず、動くことさえままならなくなってしまい、こんな様でお登紀の憐れみにすがっております」

お登紀は艫船梁の傍らで、炙った干物を裂いていた。二枚の筵莫蓙の片側を一尺ほど巻き上げ、艫から掩蓋の中に運び入れた七輪には黒い鉄瓶がかけられている。

掩蓋の中は寒くなかった。

艫側と舳側の出入り口に筵莫蓙を垂らして外気を防ぎ、七輪のわずかな火で温められて、むしろほどよいぬくもりに包まれていた。

筵莫蓙の隙間や掩蓋の破れた穴から射しこむ外の明かりが、竹川の老いて衰えた相貌に、物静かでどこか厳かにさえ見える陰影を刻んでいた。

「しかし、うつる病ではありません。医師の診《み》たてでは腹の奥の方に腫物《はれもの》ができておるそうです。手の打ちようがないと。三月《みづき》か長くて半年、と言われました。三月半がたちました。やり残したまま、ときに追いつかれたようです」

お類が肩をすぼめ、心配そうに眉をかすかにひそめた。

「そのようなお身体で、江戸に出てこられたのですか」

「医師に余命を告げられたことが、江戸に出なければならなくなった事情のひとつですから」

「病が事情のひとつ？　事情は、ほかにもあるのですか」

「あります。より正確には、事情というより果たさねばならぬ宿命と申すべきかもしれません。昔、ある封印をしました。二度と解かぬ封印のはずでした。この秋、二つ三つの出来事がありました。病の宣告はそのひとつです。それらの出来事が重なって、封印を解かねばならぬ宿命を知ったのです」

「解かねばならぬ封印を、お訊ねしてよろしいでしょうか」

竹川は浮かべた笑みを、美鶴へじっとそそいだ。

美鶴の長いまつ毛が、竹川に見つめられてゆれた。

「竹ちゃん、これを炙っていたから湯がまだ沸かなくてお茶が出せないんだよ。どうしよう」

干物を裂いて皿に盛ったお登紀が、七輪の傍らから言った。

「そうか。気を使わせるな、お登紀」

美鶴はお登紀へ膝を向け、手を軽くかざして制した。

「何とぞ、おかまいなく」

「では、美鶴さん、少し酒をいただきませんか。若いころから友と、よく呑みました。よき友がおり、よき酒があればよかった。余命幾ばくもない身です。この船で倒れ、お登紀に厄介をかける身になりながら、今生《こんじょう》の最後の贅沢《ぜいたく》をお登紀に甘え、よき酒とよき茶を購《あがな》っております。新しき年のために、新しき碗もそろえております。あなた方がこられ、ゆく年を惜しんでなぜか少し呑みたい気分です」

竹川は美鶴の返事も待たずに言った。

「お登紀、すまぬが、支度してくれぬか」

あ、あいよ——お登紀は背をかがめ、艫船梁のそばの板子を三枚はずして、船底の徳利と新しい碗や皿を出した。順々に三人の碗へ徳利をかたむけていき、お類の碗にも酒をつごうとするのを、美鶴が止めた。

「お類はまだ子供ですので、何とぞ」

「そんな、美鶴さま。わたしだってゆく年を惜しんで……」

「およしなさい。すぐ眠くなるでしょう」

「美鶴さん、お類さんはこんな老いぼれにつき合ってくださるのです。今日は大目に見てください」

竹川がお類に微笑みを向けて言った。

でしょう、とお類は得意げな顔つきでお登紀の酌を受けた。

あばら家同然の掩蓋の中に、裂いた干物と上等な酒の香りがまじり合った。

「ああ、酒が美味い。ありがたいことだ。お登紀、世話になった。おまえのお陰でこうして美味い酒が、まだ呑める」

竹川は、七輪のそばのお登紀に言った。

お登紀は酒の碗を両掌にかざし、白粉が斑な顔を照れ臭そうにゆるめた。

「全部、竹ちゃんのお金だから。あっしこそ、こんな上等なお酒が呑めるなんて、竹ちゃんのお陰さ」

「わたしの金ではない。天がお登紀の世話になり、お登紀と共に酒を呑めと、与えてくれた金だ。天のおごりだ。遠慮はいらぬさ」

「本当。このお酒、美味しい」

お類が喉を鳴らして言った。

美鶴が睨むと、お類はおどけて肩をすぼめた。その仕種に竹川とお登紀が、

あははは……うふふ……

と、中のよい老夫婦のように笑い声を交わした。

「竹川さん、そのお身体で供も連れず江戸へ出てこられたわけを、解かねばならぬ封印を、お聞かせ願えませんか」

美鶴は芳醇《ほうじゅん》に薫る冷たい酒をわずかに含んだだけで、碗を膝の傍らへおいた。

竹川は碗の中にゆれる澄んだ酒へ、穏やかな笑みを落としていた。

「美鶴さんは天一郎さんと、どのようなかかわりの方なのですか」

どう答えてよいかわからず、美鶴は戸惑った。そんな美鶴を見つめる竹川の目には、慈愛がこもっていた。

「美鶴さまは天一郎さんの許嫁《いいなずけ》です」

お類が横から嘴《くちばし》を入れた。

「おお、そうなのか。それはいい。とてもいい」

「あ、いや、そういうのでは……」

お類のおせっかいに美鶴は呆れた。だが、竹川に自分の気持ちを伝える相応《ふさわ》しい言葉が見つからなかった。

「あの男はいい。会った途端に若き日々が甦った。あの男は父親にそっくりだ。父親の水月閑蔵もいい男だった。心からのわが友だった。なあ、お登紀」

「そうだったね。閑ちゃんも竹ちゃんも、男前で気風《きっぷ》がよくてさ。二人とも江戸に似合うお侍だったね」

お登紀が酒の碗を持ち上げた。

「これも、天の仕組んだ縁かもしれません。美鶴さん、わたしに代わって、天一郎さんに伝えてくれますか。わたしは伝えねばならぬのです。あることを、水月閑蔵の倅の天一郎に……」

竹川は美鶴からお類へ、眼差しを移した。

「今宵が明けると、わたしは六十四になります。三十年が儚くすぎた。あれは冷たい秋の雨が降る、夜更けの柳原堤でした。閑蔵は蛇の目を差し片手に提灯を提げ、わたしの前を、ゆるゆると歩いておりました。ひとつ紋の黒羽二重の着流しが似合っていた。黒鞘の二刀を軽々と落とし差しにした姿に、今なら錦絵にしたくなるような洒落《しやれ》た風情があった」

竹川は美味いと言った酒を碗の半ばほど呑んだだけで、枕元の黒鞘の二刀のそばへ碗をおいた。

膝に両手を軽くあて、目を閉じ、大きくひとつ呼吸をし、そうして見開いた。

「その夜、閑蔵は三十一年の生涯を閉じました。生まれて半年の天一郎とまだ若い妻を残してです。噂では、本所の悪の御家人らがまじった数人の破落戸《ごろつき》に、戻り道の柳原堤で不意を襲われ、斬られたと。ひどく、酩酊《めいてい》していたと。馬鹿な。閑蔵は束になってかかってきたとしても、本所の破落戸ごときに遅れをとる侍ではありません。酩酊するほどの、不心得者《ふこころえもの》でもありません」

白髪のおくれ毛が黒繻子の羽織の肩にかかり、小さく震えていた。

「わたしは閑蔵のことをよく知っている。最初に会ったのは、柳橋の料理茶屋でした。あのころの柳橋は今よりももっと鄙《ひな》びた土地でしたが。わたしは榊原家の湯島の中屋敷の勤番侍だった。どういうわけか、わたしのような野暮《やぼ》な勤番侍と粋な旗本の閑蔵が、意気投合しましてね。竹さん竹さん、と声をかけてくれるのですよ。人のつながりとは、不思議なものだ」

竹川の頬のこけた顔が、わずかにほころんだ。

「とにかく、面白くて、さっぱりした気持ちのいい男だった。遊び方が上手く、綺麗で、三味線を持たせて長唄を唄わせると、玄人の芸者がうっとりした。さり気ない気遣いができて、閑蔵はわたしの三つ歳下でしたが、わたしをたてて上手く遊ばせてくれましてね。江戸育ちの《粋》の手ほどきを、わたしは閑蔵から受けたのです」

美鶴の中で疑念が生まれていた。けれども美鶴は何も訊かず、竹川の言葉に耳を傾けていた。

「わたしはお家の剣術指南役だった父の下で、若年のころより剣術修行ひと筋に打ちこみ、妻はおらず、江戸勤番になっても吉原《よしわら》ばかりか、江戸の岡場所で遊んだことさえなかった。それじゃあこれから深川に乗りこもう。気だてのいい女がいる。きっと竹さんが気に入る、と閑蔵が大新地の大栄楼に連れていってくれたのです。今は主人の光三郎も、まだ見世を継ぐ前の子供で……」

お登紀と馴染みになったのも、大栄楼でした――と言うのを、お登紀は竹川と共に思い出に耽《ふけ》るかのように目を伏せて聞いていた。

「お登紀は、奉公を始めたばかりの初心《うぶ》な娘でね。可愛らしかったが、初めは若くして身を売らねばならなかったことに、憐れみもあった。そのとき以来だな、お登紀。お登紀はあの娘のころと少しも変わらぬぞ。可愛らしい娘のままだ」

くす、とお登紀は首をすくめて鉄漿《おはぐろ》を見せ、お類がお登紀へ微笑みかけた。

「酒も女も、そして博奕も、閑蔵に教えられたも同然です。だが閑蔵は、酒も女も博奕にも、のめりこんだりはしなかった。閑蔵は言ったものです。竹さん、気持ちよく遊ばないとだめだよ。自分を損なうほど遊んじゃあ、どんなに楽しくとも気持ちは悪いだろう。軽妙で、俗世にどっぷり浸りながらどこか洒脱《しゃだつ》で、何ひとつとしてあの男には敵《かな》わなかった。唯一……」

竹川は両刀のわきへおいた酒の碗を再びとり、ゆっくりと口元へ近づけた。

「剣術だけが閑蔵と、対等だった。つまらぬ自慢ですが。閑蔵は心からの友だったが、それゆえ己を見失わない閑蔵が癪《しやく》にも障った。わかりますか。本当に心地のいい男なのに、それが小憎《こにく》らしいのですよ。なんとまあ、われながら愚かな、と呆れ果てております」

と、ひと口酒を呑みこんで、痩せこけた喉のあたりをわずかに震わせた。

「博奕にのめりこみ始めたのは、三十にならぬころでした。ちょっと遊んでみるかいと閑蔵に誘われほんの手慰《てなぐさ》みで始めた博奕が、ずるずるとはまりこんで、いつしか歯止めが利かなくなりました。そう、閑蔵には知られないようにひとりで賭場《とば》へいき始め、博奕にうつつを抜かすようになってから、お登紀の元へも遊びにいかなくなっておりました。と言うのも、賭場で金をすっておりましたから」

竹川はまた碗を口元へ寄せた。

「勤番と言いましても中屋敷の勤めはあまり忙しくはなかった。休みが多く、勤めがある日でも明るいうちに暇になった。そういうとき、身体がうずうずして我慢できなくなってきましてね。朋輩や上役へ何かと理由をつけて屋敷を出て、賭場へ一《いち》目散《もくさん》でした。ときには、そういうことが連日続いて、屋敷内で噂がたつほどになっておりました。それでも止められなかった」

「勤番の身で、おひとりで賭場へいかれたのですか」

黙って聞いていた美鶴が、ようやく言った。

「はい。本所の竪川《たてかわ》の賭場や深川の寺で開かれた賭場でした。目が眩《くら》んでいるのです。負けることも勝つこともある。それが勝負だ、剣術と同じだと、知ったふうに納得していました。ところが実情は、まだ家中には知られておりませんでしたが、気がついた自分が驚く額の借金を抱えておったのです」

「借金を？　どれほど」

「わずか二、三年ほどで、身の破滅、の瀬戸際が見えるほどの額、ですかな」

竹川は碗をあおぎ、酒を呑み干した。

「竹ちゃん、まだいけるかい」

お登紀が気遣って声をかけた。

「いや、お登紀。いい心持ちだ。ゆっくりやる。おまえはわたしを気にせず、存分にやってくれ。美鶴さんも、ふふ、お類さんも、何とぞ心ゆくまで」

竹川は空になった碗を、枕元の二刀のそばへ戻した。

それでも、そのときに引きかえせば――と、竹川は続けた。

「ある日、湯島の中屋敷に閑蔵が訪ねてきたのです。お城勤めの戻りでした。紺の裃《かみしも》が凜々しく、中間を従え、わたしと浮かれて遊んでいるときの風情とはまったく違う御先手組の頭の扮装《いでたち》が、よく似合っておりました。妻を娶《めと》ることになった。友のひとりとして披露の宴に出てくれと、知らせにきたのです。それはめでたい、と心から祝福しました」

「天一郎さんのお母さまに、なられる方ですね」

お類が関心をそそられ、言った。竹川は笑みを浮かべてお類へ頷いた。

「だが、閑蔵が言いにきたのはそれだけではなかった。わたしが博奕にのめりこんでいることに気づいていて、閑蔵はひどく心配してくれていたのです。博奕に誘ったのは自分だから、心苦しいと言っていた。閑蔵には黙っていましたが、盛り場ではだいぶ噂になっていたのです。竹川は大丈夫かと」

「そのときに、引きかえさなかったのですね」

「引きかえせなかったのです。博奕をやめないとお勤めを縮尻《しくじ》る、と忠告をしてくれたのですが、わたしは、心配をかけた、博奕はやめる、借金をかえすめどはたっている、と言いながら、借金をかえすめどは何もたっていなかったからです。じつは、そのころには少しずつ、お家のお台所のお金に手をつけていたのです」

お類が「まあ」と、声をもらした。

「それから、閑蔵に天一郎さんが生まれたころ、わたしはすでに、借金で首が廻らなくなっておりました。ですが閑蔵への見栄《みえ》があって、天一郎さんの誕生祝に何か高価な品を贈りたかったのです。わたしはお家のお金を持ち出し大勝負に挑んだ。この勝負に勝てば借金をすべてかえし、博奕と縁をきれる、閑蔵の子供の誕生祝も贈れる、と都合のよい妄想に捉われ、自分をすっかり見失っておりました」

竹川は、ぐったりと首を落とした。

「今思えば、狂っていたとしか言えぬふる舞いでした。武士の誇りも、お家への忠勤も、祖父の代より続く竹川の家門も忘れていました。言うまでもなく、勝負は愚か者に相応《ふさわ》しい惨めな結果でした」

「竹ちゃん、大丈夫かい」

お登紀が身を乗り出した。

「お登紀、少し疲れた。美鶴さん、お類さん、失礼だが横にならせていただきます。ですが美鶴さん、話はまだすんでおりません。今しばらくおつき合いください」

お登紀は美鶴とお類に向き合う側の枕元へ慌てて這い寄り、竹川が横たわるのを手伝った。美鶴とお類も布団をなおしたが、竹川はお登紀に何もかもを委《ゆだ》ねているふうだった。

筵莫蓙を一尺ほど巻き上げた外に、夕暮れが迫っていた。

お登紀は染みがついて汚れた角行灯に明かりを灯し、筵莫蓙を下ろしにいった。七輪にかけた鉄瓶の湯の具合を見、再び竹川の枕元へ戻って言った。

「竹ちゃん、お茶を飲むかい」

「いや、いい。それよりお登紀、そばにいてくれ。おまえにもまだ、話していない隠し事があるのだ。今話さなければ、もう話せなくなる」

「いるよ。竹ちゃんのそばを、離れないよ」

お登紀は竹川へ、身をかがめてささやきかけた。

掩蓋の外の川に魚の跳ねる音がした。

夕暮れどきになって、川筋の冷えこんでいくのがわかった。

川筋のどこかでかわせみが、つびぃい、つびぃい、と鳴いた。

三

「竪川の賭場の顔見知りに、あるけちな地廻りとしがない博奕打ちがおりました。わたしより七つ八つ年下の、歯牙《しが》にかけるに足りない三下奴《さんしたやつこ》です。武士の身でありながら、そんなやくざらと平気で交わるほど、すでにわたしの暮らしの実情はすさんでおったのです」

「竹ちゃんの噂は、聞いていたよ。変なやつらとつるんでいるって。あのころは竹ちゃんは、もうあっしのことを、お見限りだったものね」

お登紀が遠い昔に去った思う人を、偲ぶかのように言った。

「お家のお金を賭場で使い果たしたとき、わたしはどんな様子をしておったのでしょう。わが身の切腹のみならず、祖父の代から築いた榊原家におけるわが竹川家の改易《かいえき》にやっと思いがいたり、背筋が凍りました。わが一門を、わたしが本所は竪川のやくざの集まるろくでもない賭場で、蕩尽《とうじん》し尽くしたのです」

竹川は、行灯の明かりがぼんやりとこもる中に空《うつ》ろな眼差しを遊ばせた。

そうして、なおも低く厳かに、続けた。

「頭が狂い、泣き叫ぶのではなく、笑えてきました。わたしは賭場で、顔面蒼白《がんめんそうはく》になって、幽霊みたいに、にたにたとしていたそうです。お家のお金を使い果たし、暗い竪川堤を、屠腹《とふく》の段どりを考えながら戻っておりました。それまでの三年足らずでわたしが陥った状況と、お家のお金を着服《ちゃくふく》した経緯をすべて書き記し、死んでお詫びするしか道はないと、覚悟は決まっていたのです」

竹川は掩蓋の中に遊ばせた目を、薄らと細めた。

「心残りは山ほどありましたが、こんな愚かな命、捨てて惜しくはなかった。着物の下は、汗でびっしょりでした。そこへ二人のやくざが、声をかけてきたのです。竹川さん、えらいことになったんじゃないのかい、とです」

お類は碗をおき、竹川の話に怯えながら、美鶴の袖にすがって聞いていた。

「金に困っているのだろう。わたしがもしその気になりさえすりゃあ、苦境を乗りきる手だてが、案外、ないわけじゃあないよ、とささやきかけてきました。乗りきる手だて……狂っていたわたしの頭の中で、二人のささやきがぐるぐると廻り始めました。今さら遅いと思いつつ胸が激しく躍って足が地につかなかった。竹川家が残せるのか、と涙が出そうになったのを、覚えております」

「竹ちゃん、そのやくざらと、な、何かやったのかい」

お登紀も声が、震えていた。

「深川元町のある商人が、下総《しもうさ》の佐倉《さくら》へ商談に出かけることになっておりました。二百両ほど携えていく、それなりの商談でした。むろんひとりではない。屈強《くつきよう》な手代《てだい》と二人で、商人はそういう商いの旅には慣れた男でした。その商家の半季か一季に雇われた下男が博奕好きで、賭場で知り合ったやくざに佐倉の商談の話をした。酒の場で調子に乗り、奉公先の繁盛ぶりを自慢した、それだけだったのです」

竹川は苦しそうに、ごくりと喉を鳴らした。

「二人がどういう事情があって、その金を狙ったのかは知りませんし、訊ねもしなかった。下男から聞いたひとりがそれとなく商家の事情を探ると、話は間違いなかった。もうひとりに話を持ちかけて、金をいただこう、ということになった。ただ相手は商人とは言え、供の手代共々屈強で腕がたち、こっちにも腕利きがいないとまずい。竹川なら金に困っているはずだ、とわたしに誘いがかかった」

「竹ちゃんも、仲間に加わったんだね」

お登紀が声を絞り出した。

「お登紀、やくざどもに唆《そそのか》されて悪事に手を染めたのではない。あの者らもわたしの事情と同じだった。悪事を犯すのに武士もやくざもない。欲しいから盗む。邪魔だから殺す。悪事など所詮、それだけの理由で十分なのだ。二人はもうこの世にはいない。今となっては、犯した悪事の罪を背負わなければならないのは、わたしひとりだ。わたしはそれを背負うために、江戸へ出てきた」

お登紀の白粉顔に、つつ、とひと筋二筋の涙が伝った。白粉がよけい斑になったが、お登紀は涙を拭うのも忘れているふうだった。

「二人は、剣術指南役を務めるほどの家柄のわたしの腕がいる、と言ったのです。

頭のおかしくなっていたわたしは、その話に飛びついた。子供が菓子に飛びつき、泣いてすがって家名を残したい、まだ生きたい、と駄々をこねたようなものです」

竹川は短い息を吐き、間をおいた。

「商人を襲ったのは佐倉道の、逆井村《さかさい》の渡し場をすぎた村はずれです。野には梅が咲いており、のどかな春半ばの朝靄《あさもや》のけむる小藪《こやぶ》の道でした。わたしは商人と供の手代を二太刀で斬り伏せました。二人とも小さな叫び声しか上げられなかった。亡骸は藪の中の穴に埋めました」

美鶴の袖にすがっているお類の手が震えていた。

「先だって、その場所にいってみましたが、三十年以上前のことです。場所を見つけられなかった。景色も変わっていた。ですが、あのあたりのどこかに、商人と手代の白骨が、今も埋まっておるはずです。商人は二百両のはずが、思いもよらず三百両近い金を持っておりました。三人で山分けし、わたしはそれまでの借金と着服したお家の金を合わせて七十両があればよかった。二十両近い金が残った」

「馬鹿だったね。でも、仕方がなかったんだよね」

お登紀が懸命に言った。

「そうだ。仕方がなかった。だがお登紀、仕方がなかったではすまされぬことがある。理不尽に殺された者、夫を失い、父を失い、倅を失った者は、仕方がなかったではすまされぬのだ」

「その深川のお店は、どうなったんだい」

「跡形《あとかた》もなかった。残された者がどうなったのか、行方《ゆくえ》もわからない。三十年のときはあまりに長い。わたしは地獄へ落ち、地獄の責苦《せめく》を受けて償うしかない」

「なら、あっしも一緒に地獄へいくよ。竹ちゃんをひとりにしないよ」

「お登紀は極楽《ごくらく》へいかねばならぬ。今生でさんざん苦労したのだ。苦労させられた分、極楽で沢山いい思いをさせてもらえ」

「竹ちゃんと会えたじゃないか。今が極楽だよ。十分、幸せさ」

竹川はそっと目を閉じ、静かな呼吸を繰りかえした。

美鶴とお類は顔を見合わせた。

つびぃぃ、つびぃぃ……

夕暮れどきの川筋で、かわせみが鳴いた。

「竹川さん、水月閑蔵さんの話を聞かせてください。天一郎に伝えなければならないことを……」

美鶴が言った。

「そう、手遅れになる前に、話さなければなりませんな」

と、竹川は窪んだ眼窩《がんか》の底で目を見開いた。

「それからおよそひと月後、わたしは閑蔵に、遅ればせながら、と天一郎さんの誕生祝を贈ったのです。二十両の余分の金がありましたから、高価な祝いの品を贈りました。一件以来、博奕とはぷつりと縁をきり、何事もなかったかのごとくに勤めに励んでおりました。閑蔵と一時は疎遠《そえん》になっていたのが、祝いの品の返礼があり、なんの、お気遣いなく、という具合に、また変わらぬつき合いが戻りました」

美鶴はほんのかすかな苛《いら》だちを覚えつつ、竹川を見下ろしていた。

「閑蔵との気持ちのよいつき合いが戻り、わたしはこれでよかったのだと、考え始めておりました。だが、そんなひどいごまかしが続くはずがなかった」

竹川は眉をひそめた。

「夏が去り、秋になったころでした。ある日、呑みながら閑蔵が言ったのです。竹さん、どうしても気になる。天一郎の誕生祝に高価な祝いの品を贈ってくれた。その金はどうやって工面《くめん》した。竹さん、博奕で作った借金で困っていたのではなかったのか、とです。わたしは呆然とし、背筋が凍るのを覚えました」

「水月さんは、友の竹川さんを怪しんだのですか」

「閑蔵は大らかだが、粗雑な男ではありません。疑念の始まりは、なぜわたしがあんな高価な品をという疑念、それだけだったのです。深川の商人と手代が行方知れずになった春の一件は、流しの追剥《おいは》ぎの仕業ではないか、と見られておりました。ただ、商人が行方知れずになったあの前後、怪しい三人連れを見たという近在の百姓の証言があったのです」

竹川が美鶴を見かえした。

「その証言は、二人はやくざふうで、ひとりが侍ふうだったというもので、その噂は、閑蔵の耳にも前から入っていたのです。閑蔵は、わたしが賭場で知り合った二人のやくざとつき合いがあることを知っており、気にかけておりました。商人の一件がある前、あいつらとはつき合わない方がいいと忠告をされていましたが、賭博にのめりこんでいたわたしは、逆に閑蔵と疎遠になっていったのです」

お登紀が怯えた目で竹川を見守っていた。

「一件のあと三人の賊の噂を耳にしたとき、閑蔵は二人を怪しんだのです。そしてもしそうなら、ひとりが侍ふうだったというのは……と倅の誕生の祝いに高価な品を贈ったわたしへの疑念と結びついてゆくのは、やむを得ぬことだったのです。天《てん》網《もう》逃れがたしですな」

「なんと、答えられたのですか？」

「馬鹿を言うな、友を疑うのか、と笑ってごまかしました。疑いたくはない、と閑蔵は言いました。だが疑ってしまう己の心が苦しい、とも言いました。なんとあの男は、わたしを疑う己の心に苦しんでいたのです。美鶴さん、それを知ってわたしはどう思ったと、思われますか」

「どう、思ったと？」

「なんと小癪《こしやく》な。なんと小賢《こざか》しい、と思ったのですよ。友の苦しみに、わたしはそう思ったのです。目の眩んだ者は、自分の都合のいいふうにしか見ないものなのですな。見えていることが事実というのは偽りだ。見方を変えれば、事実は幾らでも変わる。それから、わたしの新しい煩悶《はんもん》が始まりました」

「竹ちゃん、もういいよ。もうやめなよ」

お登紀は何かを感じるのか、そわそわして竹川の言葉を遮った。

「いいのだ、お登紀。おまえも聞いてくれ。おまえとわたしを結びつけてくれた閑蔵の話なのだ」

竹川は薄暗い掩蓋を仰いで言った。

「そんなころ、また二人のやくざがこっそり訪ねてきました。水月閑蔵という侍が一件を妙に嗅ぎ廻っている。竹川さんの知り合いだな。竹川さんと何かあったんじゃないのか、と質《ただ》されました。あれ以来、お互い二度と会わないと二人とは言い交わしていたのですが、わたしは疑われている事情を話さざるを得なかった。今さら後戻りの道はない、と二人は言った。わたしが尻拭いをするしかないと」

お類が美鶴の袖に、強くすがった。

お登紀の目から、涙が次々にこぼれていた。

「わたしは以前の、まっとうな己《おのれ》に戻っていたのではなかった。人を殺《あや》め、金を奪い、何喰わぬ顔で暮らしていられるはずがなかった。わたしは自分が狂っていると思った。いやいや、これがわたしの性根なのだと気づかされた。失ったものが失われていなかった。家名も、命もそのままだった。今さらそれを失うことなど、わたしの性根がもう許さなかった」

「秋の雨の夜、柳原堤で、竹川さんは水月閑蔵さんの後ろにいたのですね」

美鶴が言った。

「美鶴さんは初めからおわかりだったのですね。鋭い姫さまだ。そうです。わたしが水月閑蔵を斬ったのです。雨の柳原堤で、背後から……」

「ええっ」

と、お類は驚きの声を上げた。そうして、お登紀のすすり泣きが流れた。

二人もすでに気づいていたのに違いなかった。

けれども、気づきたくないことを気づかされた驚きと落胆は、小さくなかった。

「その日、閑蔵を誘い出したのです。向両国の料理茶屋で芸者を揚げ、遊んだ帰りの夜道でした。冷たい秋の雨が降っておりました。閑蔵は蛇の目を差し、提灯を提げ……わたしは閑蔵に、おまえはわたしを誤解している、わたしをそんな男だと思うのか、と言い、閑蔵は黙ってわたしに背を向けておりました」

「それでいながら、水月閑蔵さんは竹川さんに斬られたのですか。後ろから、まさか竹川さんに斬られるとは知らず……」

「さっきも言いました。水月閑蔵はそんな迂闊《うかつ》な男ではありません。あの雨の柳原堤で、なぜ閑蔵はわたしに背を向けたままでいたと思われますか。なぜなら、閑蔵はわたしを斬る気がなかったからです。閑蔵は言ったのです。竹さん、侍なら、すべてを明らかにしてくれ、本当のことを言ってくれ。これ以上惨めな竹川肇の姿を見たくはないとです」

お類は美鶴の袖をつかんだまま、めそめそと泣き始めた。

「わたしの邪《よこしま》な剣が閑蔵に通じるはずがなかった。なのに、美鶴さん、閑蔵はそう男だったのです。竹さん、それがいやなら、ならば逃げよと。家を捨て、国を捨て、侍を捨て、友の自分を捨てて逃げよと。見事、修羅《しゅら》の世界で生き抜いてみよと、閑蔵は言ったのです……」

美鶴にはそのとき、雨の中で濡れた刃《やいば》の光景が見えた。漆黒《しっこく》の闇の中で、刃がきらめき、うなり、無残な弧を描いていた。

竹川が嗄れた声を震わせた。

「わたしはそうしなかった。お登紀、わたしが閑蔵を斬ったのだ。閑蔵はわたしを信じて背中を見せたままだった。斬ったあとで、斬ったことに気づいた。あのときの、寂しそうに諦《あきら》めた閑蔵の目が忘れられません。閑蔵は堤の下に転落していきました。差していた蛇の目が転がっており……」

「水月閑蔵さんは数太刀を浴びていたはずです。それからどうしたのですか」

「二人の男が現われました。ひとりが、どうなるかと思ったぜ、と言いました。止《とど》めだ、ともうひとりが言いました。大勢に襲われたふうに見せるんだ。金を奪って強盗の仕業らしく見せようとか。わたしはその場から走り去りました。屋敷の長屋へ戻り、眠りました。何もかもを忘れるために、眠ったのです」

美鶴は竹川から袖にすがって泣いているお類へ向いた。

「お類、泣くことはない。おまえやわたしが生まれるずっと前の、遠い昔の話だ。お類、見てごらん。外は雪ではないか」

お類が「うん」と頷いて美鶴の腕から艫の筵莫蓙の方へ、顔を上げた。

竹川の枕元で顔を伏せてむせび泣いていたお登紀も、涙で汚れた白粉顔を掩蓋の外へ向けた。

お類は艫の方へいき、出入り口に垂らした片側の筵莫蓙を、そっと退《ど》かせた。

冷たい夜風が忍びこみ、筵莫蓙の隙間から闇が見えた。

「本当だわ。美鶴さま、雪が降っています。積もりそうな雪が……」

夜の帳《とばり》の中に白い雪が舞っていた。

「おお、雪ですか。では明日は、雪の正月になりそうですな。わが国元でも、雪の正月が多いのです。真っ白な雪が、わが汚《けが》れを隠してくれる」

竹川が懐かしそうに言った。

お登紀が七輪のそばへ戻り、湯気を上げている鉄瓶の湯を急須にそそぎ、茶を淹れる支度を始めた。お類がお登紀を手伝った。

「翌年の殿のお国入りの折り、わたしはお家に申し入れて、江戸勤番を解かれました。殿のお行列に従い三国峠を越えるとき、わたしはすべてを封印し、再びこの峠は越えまいと、誓ったのです」

お登紀が竹川の枕元へ湯気のたつ茶を淹れた碗を持っていった。

「竹ちゃん、お茶を淹れたよ」

すまぬ――と、竹川が上体を起こすのを、お登紀と美鶴が介添えをした。

「竹ちゃんが最後にきてくれた日を覚えているよ。あの日、竹ちゃんはまたくる、と言って帰ったんだったね。あれからあっしは、奉公先を幾つも変え、妾奉公もしたし、所帯も持ったたし、いろいろあって……三十年がかかったね。けど約束通り、竹ちゃんはまたきてくれた」

竹川は温かな茶をすすった。かわせみの声はもう聞こえなかった。深々と降り積もる雪の中に、川筋は静まりかえっていた。

四

国元へ戻った竹川肇は、半年後、榊原家の剣術指南役に就いた。

それから二十年近く、五十を幾つかすぎるまで役目を務め上げたのち、門弟の中からひとりの者を選んで養子縁組を結び、竹川家を継がせ隠居の身となった。

竹川はなぜか、妻を娶《めと》らず、ゆえに子ももうけなかった。

養子が榊原家の剣術指南役に就くと、竹川は許しを得て城下の屋敷を出、高田城下から遠くはずれた里山に草庵を結んだ。そして、隠居、と言うよりは、それまでの武家のつき合いを殆《た》ど断った暮らしを始めたのだった。

近在の百姓らに何くれと世話になり、手ほどきを受けながら、庵の周りの小さな荒れ野を耕し、今の季節はこれ、次の季節はあれ、と四季折々に合わせた作物をわずかずつ作り、己ひとり生きる糧《かて》の足しにした。

養子に継がせた竹川家からは、ただ、命をつなぐためのわずかな食い扶持《ぶち》の仕送りだけを受けた。

畑地を耕すときのほかは、草庵にこもり、書を読み、瞑想《めいそう》にゆだね、移ろいゆくときと向き合い、いつか生が尽きるときを待つかのような日々を送った。

それは出家《しゅっけ》することすらを断った、どこか、物乞いに似た暮らしに見えた。

そのまま人々から忘れられ、打ち捨てられ、朽ち果てて消え去る最期を望んでいるかのような生に見えた。

竹川は江戸で送った日々を、思い出さず、考えなかった。

江戸であった出来事を封印する。消し去る。そうして忘れ去る。

忘れてしまえば、それはなかったことと同じなのだ。それはなく、それは起こらなかった。起こらなかったならば、自分にかかわりがなかったことと同じなのだ、というふうに。

自分が消えるとき、封印し忘れ去ったそれを持っていく。

それでいい、それこそが自分に相応しい、と竹川は思っていた。

竹川はそれを忘れ、最後になるはずの十年余をそうして過ごしたのだった。

ところがこの秋、竹川の身に二、三の出来事があった。

よんどころない事情があって、数日、高田城下の竹川家に泊まり、明日は里山の草庵に戻るという日、腹の具合が少々悪くなった。

竹川は城下の知り合いの薬師《くすし》を訪ねた。

「明日は村へ戻る。腹の具合が悪いと途中がつらい。なんぞ薬を……」

と、そんな気分だった。

腹を診《み》た知り合いの薬師に、そのとき竹川は腹の奥にできた手のほどこしようのない腫物と余命を告げられたのだった。

なるほど、待っていたときがやっときたか、とその折りは思ったばかりだった。

落胆も悲嘆もなかった。

竹川は知り合いの薬師に「このことは誰にも内密に、お願いいたす」と強く念を押し、翌日、最期の場になるはずの草庵へ変わらぬ様子で戻っていった。

そうして最期を迎える支度にかかっていたある日、高田城下のある商人が、わざわざ里山の竹川の草庵まで訪ねてきた。

竹川さま、ご息災《そくさい》で何よりでございます、などと挨拶もそこそこに、商人は訪ねてきた用件をきり出した。

「早や、およそ三十年になります。三十年前、竹川さまにご融通《ゆうずう》いただきました十数両、あのお金によって、わが商いは……」

国元へ戻った竹川には、あの金がまだ十数両残っていた。

竹川はその金を、そのころ屋敷に出入りしていたご用聞きの若い商人に「返済はいつでもよい」と、そっくり融通した。

竹川にとって忘れたい金だった。その金を自分のために使うことなど考えられなかったし、若い商人の助けになるならせめてのこと、と思うばかりだった。

実際、竹川は金のことも商人のことも、すっかり忘れていた。

商人は老中《ろうじゆう》・田沼意次《たぬまおきつぐ》の施策によって好景気に沸く江戸との交易《こうえき》で、莫大な利益をわずか数年で上げていた。

「これまで、竹川さまのご厚意に甘え、お借りいたしておりました元金と、利息でございます」

十数両の金が、三十年のときをへて五百両になっていた。

商人は、竹川が「いらぬ」と断っても、「いらぬなら、どうぞ海へでも川へでも竹川さまのお気のすむようにお捨てください」と言い残し、五百両の金をおいて戻っていったのだった。

竹川は五百両を前に、呆然とした。余命幾ばくと告げられたこの身になんの意味もない金ゆえ、よけい不思議な思いに捉えられた。

今さらこれをどう使えと言うのだ。天の戯れか、と竹川は思った。

しかしそれから数夜、竹川は同じ夢を見て目覚めた。目覚めると、夢は忘れていた。ただ、胸が激しくときめいていた。

そうしてある日、夢の中に若き日のままの水月閑蔵が現われたのだった。

夢の中で閑蔵は言った。逃げよと。家を捨て、国を捨て、侍を捨て、友を捨てて修羅の世界で生き抜いてみよと。

竹川は夢の中で、わかったと答えた。

そうして竹川は、不治の病も、五百両の金も、天の戯れではなかった、と知った。

自分には果たさねばならぬ宿命が残っている、と知った。

三十年前の封印を解かねばならぬときがきた、と知った。

竹川は夢から目覚め、激しく慟哭《どうこく》した。


師走の夜に舞う雪が、末成り屋の土蔵を包んでいた。

築地川にも川堤にも、船影や人影は見えなかった。土蔵のそばの煮売屋や一膳飯屋の明かりが、薄らと雪の積もっていく白い堤道を照らしていた。

土蔵一階の板張りの床は冷たく、息も凍りつきそうな寒さだったが、南部鉄の黒い火鉢に赤々と熾る炭火が、小さなその周りだけを土蔵にいる人の情けを守るかのような温《ぬく》もりにくるんでいた。

火鉢を挟んで、藺で編んだ円座に美鶴とお類、そして天一郎が端座し、一台の行灯の明かりの中で向き合っていた。

それぞれの膝の前に茶碗がおかれ、茶はとうにぬるくなっている。

美鶴が今日の竹川の話を天一郎に伝え、そばで聞いていたお類がまた涙ぐみ、その涙がようやく乾いたばかりだった。

竹川さんは――と、美鶴が語り続けた。

「天一郎に父親の仇を討たせるために、江戸へ出てこられたのだ。わたしが託《ことづ》けられた。竹川さんは、もうここへはこられぬ。歩むこともままならぬ。天一郎に、必ず必ず、身拵《みごしら》えをしてきてくれ、とだ」

お類が小首をかしげ、物悲しげに天一郎を見つめた。

「天一郎、わかったか」

言外に、どうするのだ、と訊いていた。

天一郎は答えなかった。行灯の明かりが届かない暗い土蔵を見廻した。

大晦日のその夜、修斎も三流も和助もおらず、天一郎ひとりだった。修斎とお万智は、三流とお佳枝の船宿・汐留で新年を迎え、和助は木挽町の馴染みの女のところで新年を迎える、と言って出かけていた。

「美鶴さま、お類さん、もう五ツをすぎています。昼間から出かけられこの夜更けまで、お屋敷ではさぞかし心配なさっているでしょう。もうお戻りください。お送りします」

「送ってなどいらぬ。すぐ近くだ。お類と二人で帰る」

「そういうわけにはいきません。夕刻よりのこの雪がだいぶ積もり、外も暗い。万が一のことがあっては……」

美鶴は天一郎が答えないので、少し怒っていた。

「いらぬ心配をするな。それより天一郎、どうするつもりなのだ」

と、我慢できずに訊いた。

「わたしは読売屋です。刀は読売屋を始めたときに捨てました。美鶴さま、刀で斬れるものなど高が知れている。そう思ったからです。読売屋に仇討など、武士の刀ほどの値打ちもありません」

「そうではない、天一郎。竹川さんは、父が子を思い、子が父を慕い、友が友にかける情けを言われたのだ。竹川さんは天一郎に、会いたがっている。上手くは言えぬが、おまえにもう一度会って、もう一度会って……」

美鶴は唇を噛み締め、言葉を失くし、目を伏せた。

「天一郎さん、竹川さんに会いにいってあげてください。竹川さんは病で動けなくなっていらっしゃいます。とても可哀想なんです。竹川さんを、お父さまの仇ですけれど、許してあげてください」

お類が言い添えた。

「そうだ、天一郎。竹川さんはもう長くはない。許すと、言いにいってやれ。許すと言って……」

「安らかに送ってやれと、仰りたいのですか」

美鶴は天一郎に言われ、言葉をかえせなかった。

天一郎を見つめて考え、次に言うべき言葉を探していた。

「おせっかいなお嬢さま方だ」

天一郎は呟いた。

「武士の誇り、義と礼節《れいせつ》、由緒ある家門、武士の魂、武士のふる舞い、武士の侍の、と言いながら、いい気なものです。武士など捨てて、少しも惜しくはなかった。ですが、美鶴さま、お類さん、あなた方の心は澄んでいる。あなた方の言葉が身に染みました。考えておきましょう」

天一郎は笑みを浮かべ、美鶴を見守った。

この雪の大晦日の夜に、遠くに座頭のかすかな呼び笛が響き渡った。

四半刻《しはんとき》（約三十分）後、天一郎はひとり、ほの暗い土蔵の火鉢の傍らに端座していた。

膝の上に黒鞘の大刀、傍らには小刀をおいていた。

末成り屋の四人の刀は、板張りの床下に桐油《とうゆ》にくるんで仕まっている。

天一郎は自分の二刀を、とり出したのだった。

黒綿撚糸の柄を握り、かち、と鯉口《こいぐち》をきった。

刃渡り二尺三寸五分の本身《ほんみ》を静かに抜き、行灯の明かりを刃に映した。

本身の乱れ刃紋《はもん》が明かりの中で波を打っていた。

名刀ではない。母親が後妻として嫁いだ旗本・村井《むらい》家で元服した折り、芝の刀剣屋で購《あがな》った安物の古道具である。刀剣屋の手代が並べて見せた中で何本かの安物を見たとき、天一郎はこの刀に惹《ひ》かれた。

わけもなく、「これがいい」と思った。

二刀は捨てた読売屋風情だが、たとえ安物でも手入れを怠ったことはない。侍は捨てても、この安物が読売屋・天一郎の道しるべのひとつだったからである。

読売屋・天一郎に顔も知らない旗本・水月閑蔵の形見《かたみ》は何ひとつなかった。

形見などいらぬ。

形ある物はいつか朽《く》ち果てる。

だが、読売屋の性根は朽ち果てはしない。

いかがわしく、猥《みだ》らで、胡散《うさん》臭く、埒もなくてけっこうだ。刀剣屋で見た安物の古道具のように。

「それがいい」

と、天一郎はかざした一刀をいつまでも見つめた。

五

天一郎が目覚めたのは、夜明け前だった。

暖かな布団から上体を起こして、土蔵を包む暗闇が凍えているのがわかった。

大きくひと呼吸すると、頭がたちどころに冴えていくのを感じた。

行灯を灯し、布団を畳んだ。

行灯の薄明かりを頼りに竈に火を熾し、湯を沸かした。

勝手口から白い雪に足跡を残して井戸端へいき、凍《い》てつく寒気の中で全裸になって井戸水を繰りかえし浴びた。

雪は止み、満天《まんてん》に星がきらめいていた。そして、銀色の雪が年の明けた江戸の町を覆っていた。

身をきる冷たさが、やがて天一郎の全身に熱い血を廻らせ始めた。

赤らんだ肌から湯気がたちのぼった。

土蔵へ戻り、一本の二合徳利の酒をぬるい燗《かん》にした。さらに、七輪に炭火を熾して餅を焼いた。

その間に身支度にかかった。下帯から肌着、胴巻き、下着の帷子《かたびら》、上着の紺地の袷《あわせ》、鼠色の細袴、黒の手甲脚絆に黒足袋、すべて真新しい物を着けた。

最後に黒鞘の二刀を、しゅっしゅっ、と音をたてて帯びる。

竈のある土間に下り立ち、ぬる燗を盃に満たした。胸の内で新年を寿ぎつつ、ひと息に乾した。それから、ほくほくとした焼きたての餅を食べた。

一枚の餅と、数杯の盃の酒で腹を落ち着かせた。

天一郎は黒綿の廻し合羽《がっぱ》を羽織り、菅笠をかぶった。足下は草鞋《わらじ》である。

土蔵の外はまだ、星空の下に眠っていた。

雪明かりが、闇の先に築地川と堤道を浮き上がらせた。堤端の柳が寒気に打ちひしがれて、枝影を垂らしていた。

戸前の石段を下り、堤道の新しい雪を鳴らし始めた。

そのとき後方に、やはり雪道を鳴らし、誰かが歩む気配を認めた。

ふりかえると、菅笠を着け廻し合羽にくるまれたと見える人影が、足早に近づいてくる。廻し合羽の形から、近づいてくる影は二刀を帯びていた。

天一郎は雪の中に佇み、影が間近にくるまで待った。

「どこへ、いかれるのです」

と、間近まできて、立ち止まった影へ声をかけた。

暗がりでも、影の白い吐息がわかった。

「洲崎だ。天一郎はいくと思っていた。だから、わたしもいく」

美鶴が答えた。

「父の仇を討ちにいくのです。竹川さんはわが父の仇です。許すと言いにいくのではありません。竹川さんは水月閑蔵の倅である水月天一郎に、討たれることを望んでいる。これは、竹川さんにとってもわたしにとっても禊《みそぎ》です。あなたの言葉でそれが身に染みてわかった。たとえ病の身であろうと、容赦はしません」

しかし美鶴は言いかえした。

「天一郎がそう思うなら、それが禊だと思うなら、それが正しい道と思うなら、思う通りにするがよい」

「あなたには、かかわりのないことだ」

「わたしが竹川さんから託り、わたしが天一郎に伝えた。かかわりはなくとも、わたしには竹川さんと天一郎に縁がある。縁のなりゆきを見極める。それがわが思いだ。わたしはわたしの思う通りにする」

美鶴は譲らなかった。

「船はありません。洲崎までこの雪道は、難儀《なんぎ》です」

「心得ている。支度はしてきた」

天一郎は廻し合羽を翻し、歩み始めた。

美鶴の足音が、遠ざかりも近づきもせず、ついてくる。

正しい道と思うなら、と美鶴の言葉が心に染みて離れなかった。

北新堀町から永代橋を渡るころ、初春の空が白み始めた。江戸の町は一面の銀世界に包まれ、漆黒の墨を流したような大川の流れは、静かだった。


暗闇の新地橋の河岸場に、荷足船《にたりぶね》が待っていた。

花林の勘八、洲本屋重吉が乗りこむのを荷足船で待っていたのは、亥の堀の捨蔵と手下の四人だった。

勘八と重吉は三度笠をかぶり、黒っぽい上着を尻端折りにし、黒の手甲、股引脚絆、黒足袋、草鞋履き。そして、竜紋《りゅうもん》の帯に二尺近い長脇差《ながどす》を差した拵えだった。

亥の堀の捨蔵と四人の手下は手拭で頬かむりにし、尻端折り、股引脚絆、これも草鞋履きで、それぞれ長脇差を差していた。艫のひとりが棹《さお》をとり、先頭の捨蔵に並んだひとりは六、七尺ほどの用心槍《ようじんやり》を一本、携えていた。

用心をして船に提灯はなかったが、渡し板や大島川の川縁の水草を、ひと晩中降った雪がかぶり物のように覆っているのが見てとれた。

築出新地の番小屋の番人らも、まだ目覚めていなかった。

勘八と重吉が渡し板を鳴らして河岸場に下ってくるのを、四人の手下らはうなり声を低くして迎えた。

「お待ちしておりやした」

表船梁の傍らにかがんだ捨蔵が、湿《しめ》り気《け》のある声で言った。

「捨蔵、待たせたな。これだけか。黒沢《くろさわ》さんにも助っ人を頼んだんじゃあ、なかったのかい」

勘八がちょっと不服そうにかえした。

「黒沢さんらは弁天橋から歩きで、もう向かっておりやす。黒沢さんらは五人。抜かりはありやせん」

「そうかい。なら安心した。相手は老いぼれのくたばり損《ぞこ》ないだが、とにかく凄腕《すごうで》だ。甘く見たら、こっちがやられる」

「なあに、老いぼれと夜鷹の婆《ばば》あぐれえ、ちゃっちゃっ、と片づけ、あとに残らねえよう船ごと焼き払いやす」

「よかろう。夜鷹の船が火の不始末で、正月早々に丸焼けになって、婆あと客らしき爺《じじ》いが焼け死んでも誰も怪しまねえ。捨蔵、頼んだぜ」

「任せなせえ。おい、出せ」

勘八と重吉が胴船梁わきのさなにかがんでから、捨蔵が艫の男に命じた。

男が棹を使い、船がゆっくりと河岸場を離れ、大島川をさかのぼり始めた。

川の半ばへ出ると、棹を櫓に持ち替え、櫓の音が暗い川筋に軋んだ。

どこかで、一番鶏か二番鶏の鳴き声が聞こえた。

「重吉、三十年ぶりだな。腕が鳴るぜ」

「ああ、ずいぶん悪さをしたが、面白かった。おれたちに出番があるとは思えねえが、竹川の止《とど》めはおれたちで刺してやろうぜ。竹川が消えて何もかもが消える。とんだお騒がせ野郎だったからな」

「止めだけじゃねえ。事と次第によっちゃあ、おれは竹川とひと勝負やってやるつもりだ。今ならひょろひょろの老いぼれに負ける気はしねえ。昔を思い出して、ちょっとわくわくするぜ。気が昂《たか》ぶってならねえ」

「勘八、自分じゃあ若えつもりでも、年寄りの冷や水にならねえように用心しな。

それにしても冷えやがる。すんだら、正月の祝い酒をやろうぜ」

「ああ、やろう。久しぶりに、どんちゃん騒ぎをやろうぜ」

勘八と重吉は、ほしいままに無頼の日々を送っていた若いころを思い出し、気を昂ぶらせ、不敵な笑みを交わした。

それから船は川筋を幾つか曲がり、ほどなくして木場にきたころ、年の明けた空が薄らと白み始めた。七人の男らの吐く息が、白く流れた。

やがて平野橋をくぐると、まだ定かには見えぬ川筋の一町もない先に、堤の真っ白な蘆荻や灌木にまぎれるようなお登紀の船の掩蓋が、ぼんやりと見えてきた。

堤の上の赤松の並木のあたりには、黒い一団の人影がすでに集まっていた。

艫の男が、櫓を棹に持ち替えた。


竹川肇は目覚め、まだ生きている、と気づいた。

隣にお登紀の鼾《いびき》がかすかにした。

粗末な布団でも二人でくるまれば、身体が溶けそうな心地よい暖かさだった。

このままですべてが消えていけば楽だろうに、と思った。

暗い掩蓋の艫の方へ、怠い眼差しを流した。出入り口に下げた筵莫蓙の間より、平野川の薄く白み始めた明るみがのぞいていた。

舳の方から、かわせみの鳴き声が聞こえた。

竹川は舳の方へ少し顔をひねり、舳側の出入り口に垂らした筵莫蓙を見やった。

舳側は土手の灌木や蘆荻の陰になっているため、筵莫蓙の隙間に外の明るみはわからなかった。

つびぃぃ、つびぃぃ……

あのかわせみは、竹川がお登紀の世話になるずっと前から、この川辺に棲んでいる。

「……うん、どうしたの。もう、起きたの」

お登紀が気づいて、痩せてあばらの露わになった竹川の胸にすがった。

「まだ早いよ。もっと、寝なよ……」

お登紀はまだ、まどろみの中にいた。

「お登紀、新年の朝だな」

「ふうん、竹ちゃん、今年もよろしくね」

「ああ、よろしく頼む。まだ目覚めるには早い。さあ、お登紀、眠れ眠れ。お登紀とこうしていると、心地がいい」

川は音もなく流れ、ただとき折り、ぽちゃり、と魚が川面を騒がせるばかりだった。木場のどこかのお店で飼う犬が、寂しく三度吠えた。

犬の吠え声はすぐに跡絶《とだ》え、そうしていつしか、川筋はかわせみの鳴き声さえも消えた。いっさいの物音が消え、死の静寂に覆われた。

竹川は、骨と皮になった細い腕を伸ばし、枕元の二刀を引き寄せた。

黒塗りの鞘が掌に、やわらかな冷たさを伝えた。

「お登紀……」

と、静かな優しい声で呼んだ。

お登紀はまた眠ったらしく、小さな鼾をたてた。

もう一度、呼んだ。お登紀の乱れた島田を軽くゆすった。

「うん？　何、どこか具合が悪いの」

まどろみの中で、お登紀が心配した。

「お登紀、何も言うな。わかったら首をふるだけでいい。よく聞け。何が起こっても隅で身を小さくし、じっとしておれ」

竹川がささやいた。

「え？」

そこでお登紀は、やっと目覚めた。

「これを持て。防ぐだけだ。身のお守りだと思え」

お登紀は布団の中で脇差《わきざし》を握らされた。

「た、竹ちゃん……」

「しっ。川と堤の両方からこの船に誰かが近づいてくる。尋常な気配ではない。おそらく目あては、わたしだ」

竹川は布団を払い、懸命に起きて片膝立ちになった。

掩蓋の艫の方を向き、深縹の帷子の帯を結び直した。

しかし、手足も身体も己のものではない気がした。手足にも身体にも、もう己の命が漲《みなぎ》ってはいなかった。ただ心だけが、己のものだった。

今少し、わたしに力を貸してくれ。

竹川は残り少ない己の命へ、祈るように言い聞かせた。

脇差を胸に抱きしめ怯えてすがるお登紀に、竹川は言った。

「もしそうなら、おまえも道連れにされる恐れがある。身を小さくして防ぎ、隙をみつけて逃げ出す算段をするのだ」

竹川はお登紀の両肩をゆさぶるように摑んで、ささやき声に力をこめた。

「命を賭けておまえを守る。しかしおまえは、わたしのことをいっさいかまうな。逃げることだけを考えるのだ」

「い、いやだよ、竹ちゃん。あっしも、やや、やってやるよ」

竹川はその唇を人差指で閉ざし、身をかがめよ、というふうに手で制した。

お登紀はされるままに脇差を抱いて身をかがめたが、怯えながらも脇差を抜き、目の前にかざした。脇差の白い刃が小刻みに震えた。

竹川はお登紀へ微笑み、大刀の鞘を払った。

捨てた鞘が、からり、と隅の板子に鳴った。

そのとき、船縁に船のぶつかる鈍い音がし、掩蓋に積もった雪が落ちた。

掩蓋の破れた小さな穴から、人のわずかに動く気配が見えた。

土手と艫を渡す板を人が踏み、船のゆれが伝わってきた。

「くるぞ。お登紀、世話になった」

竹川が大刀を下段に下げ艫の方を睨んだなり、お登紀に礼を言った。

六

だが、始まりは網代編みの掩蓋を突き通した用心槍の強烈なひと突きだった。

「それえっ」

ひと声が上がり、用心槍の穂先が掩蓋をいきなり突き破って、片膝立った竹川の脾腹《ひばら》へ突きこまれた。

ふむ——竹川は素早く下段へかまえた刃を穂先に添わせ、すり上げた。

突きを空《くう》へ流した途端《とたん》、添わせた刃を用心槍が突きこまれた穴を目がけ、逆に掩蓋の外へ突き出した。

荷足船の用心槍の男と茶船の竹川は、掩蓋を隔てているだけで、手をのばせば触れるほどの間しかない。

竹川の突き出した切っ先が、用心槍の男の喉を刺し貫いていた。

鴨のような悲鳴と共に男は痙攣し、ぐらりと身体をかしがせた。

刀が引き抜かれると、喉首から血飛沫が噴いた。

最初の男が仰向けになって船縁から川面へ転落し水飛沫を散らしたとき、艫側の筵莫蓙が引きちぎられ、月代ののびた浪人風体の刺客が突入を図った。刀を無造作《むぞうさ》に突き出し、外の薄明かりを背に板子を荒々しく踏んだ。

「うおおお」

雄叫《おたけ》びを上げた。

ただ、掩蓋は膝立ちで頭が支《つか》える高さしかなく、しかもひとりずつしか押し入ることができない。

刺客の目論見《もくろみ》は、そこに綻《ほころ》びがあった。

大刀は長すぎ、腰を折り曲げ身をかがめた刺客の侵入は、もたついた。

引き戻した刀の流れのまま、竹川は刺客の無造作に突き出した刀身を、鋼《はがね》の音もけたたましく薙いだ。そして、刺客の胸元へ肩先から体あたりを喰らわせた。

刺客は「わっ」と叫んで艫の方まで飛ばされ、転倒した。

それと同じくして舳側からは、捨蔵の手下らと勘八、重吉が、舳の板子へ乗りこみ、筵莫蓙を引き剥がして押し入った。

船が激しく揺れ、真っ先に押し入った男がお登紀目がけて長脇差をふり廻した。

「婆あ、くたばれ」

長脇差がお登紀の細腕がかざした脇差を、かちん、と払い落とした。

お登紀は悲鳴を上げ、尻餅をつく。

即座、竹川が刺客から身を反転させ、肘を畳んで男へ袈裟懸《けさが》けを浴びせた。

切っ先が男のこめかみから顎までをひと裂きにした。

顔面を裂かれた男は小さく呻いてよろめいた。がくりと首を折って土手側の掩蓋を突き破り、土手の雪をかぶった蘆荻の中へ身体半分を突っこませた。

その隙に、最初の刺客が身を起こし、竹川の背後から打ちかかった。

粗雑にふり上げた切っ先が掩蓋の天井を裂いた。

裂きながら、それでも打ち落とされた刃が竹川の肉の薄い背中へ咬《か》みついた。

「おのれっ」

竹川は身をよじらせながら刀を逆手に持ち替え、撫《な》で斬ろうとする背後の刺客へ瞬時に貫き入れる。

腹を貫かれ悲鳴を上げた刺客と竹川は、折り重なって倒れた。

「竹ちゃんっ」

お登紀が這い寄る間もなく、舳から侵入した新手《あらて》が竹川へ襲いかかっていく。

板子が鳴り、船がゆれた。

勘八、重吉、そして捨蔵の手下の三人である。勘八と重吉は三度笠を捨て、手拭の頬かむりになっていた。

お登紀は勘八と後ろの重吉と目を合わせ、「ああ？」と叫んだ。

お登紀は長脇差をかざした勘八の腕に縋《すが》り、身を挺《てい》して動きを阻んだ。

そのとき竹川は、折り重なった刺客の腹から起き上がり、刀を引き抜いて艫側から突入を図る二人目の刺客に片膝立ちに身構えたところだった。

そこへ、掩蓋の外から用心槍が再び突きこまれ、竹川の脾腹《ひばら》を今度は深々と貫いた。荷足船の捨蔵が、川へ転落した手下に代わって用心槍を突き入れたのだ。

竹川はひと声も発しなかった。ただ束の間、顔をしかめた。

用心槍の口金《くちがね》をつかんで柄を叩き斬った一瞬、刺客の斬撃《ざんげき》を浴びた。

襲いかかる刃と受け止め払う竹川の刃が、激しく鳴った。

二刀の鋼が泣き声のような悲鳴を上げた。

竹川はのしかかり倒しにかかる刺客を、満身の力で堪えた。

「いくぞっ」

竹川は初めて叫んだ。

だだだっ、と一気に掩蓋の外へ刺客を押し出した。

茶船の艫へ押し出された刺客が、うろたえた。

白み始めた平野川の川筋は、両堤とも一面の雪化粧だった。雪化粧の彼方へ、川面がひと筋の筆跡のように引かれている。

刺客は櫓床へ足をかけて竹川の押しを堪えた。

そこで両者は、激しく刃を咬み合わせ、一歩も退かず押し合うかまえになった。

しかし、満身の力が竹川の身体に堪えた。

貫いたままの穂先が脾腹から血を噴かせ、竹川の力を削《そ》いだ。ずず……

竹川の痩せ衰えた身体が、枯れ竹のように撓《しな》る。

一方、勘八の腕にすがったままお登紀は喚いた。

「勘八、重吉、おまえたちだったんだね。さ、三十年前、深川の商人を襲った一味は、おまえたちだ……」

「うるせえ、婆あっ。離しやがれ」

勘八が腕をふり廻し、お登紀はふり飛ばされた。

「重吉、婆あを始末しろ」

「任せろ」

しかし、お登紀は思わず七輪を摑んでいた。

いきかけた勘八目がけ、灰ばかりになった七輪の中身をぶちまけたため、一瞬にして真っ白な灰が掩蓋を包んだ。

「ああ、くそうっ。あっぷ」

勘八の目がくらみ、息ができなくなった。

重吉が舞い上がる灰の中からお登紀へ襲いかかった。

重吉の長脇差を、お登紀は咄嗟に七輪で払った。七輪を遮二無二《しゃにむに》かえすと、この婆あ、と侮《あなど》っていた重吉のこめかみを七輪の角が痛打《つうだ》した。

重吉はひと声喚いてひっくりかえった。

お登紀が七輪を無闇にふり廻し、重吉へ打ちかかった。

倒れた重吉は、必死にお登紀を蹴り飛ばし、お登紀は突き破りそうな勢いで掩蓋に叩きつけられた。

そのとき、勘八が灰を払って開けた目と艫から身をかえした竹川の目が合った。

「くたばれ」

突き出した勘八の長脇差が、ずん、と竹川の肩に刺さった。

「勘八、騙したな」

「くたばりぞこないが、終わりだ」

勘八が叫んだ。

平野橋の手前から、天一郎は走り出していた。

洲崎の堤道はまじり気のない銀のような雪がひと筋にのび、夜明け前の白み始めた天空が果てしなかった。

ざざざ、と天一郎が雪煙を巻き上げる足下の、川縁の蘆荻の間からかわせみが驚いて羽ばたいた。

平野橋の一町先の川縁に浮かんだ二艘の川船が見えた。

掩蓋のある船の艫へ土手から、また舳の方は掩蓋の船に並びかけた荷足船から、侍風体や頰かむりの男らが乗りこんでいく姿が見えていた。

艫と舳の方より、中の者の挟み撃ちを狙っているのが瞭然《りようぜん》だった。

天一郎は菅笠を捨て、廻し合羽を脱ぎ捨てた。

雪を蹴たてる美鶴の、軽々《かるがる》とした足音が天一郎を追いかけていた。

「わたしは舳へ。美鶴さまは艫に」

天一郎が叫んだ。

「承知っ」

後ろの美鶴の声が聞こえた刹那《せつな》、天一郎は身を堤より川縁へ躍らせた。

天一郎の足が空をかき、高々と舞い上がった天一郎の周りに、純銀の雪に覆われた洲崎の大地と海と大空の景色が広がった。

眼下に平野川がひと筋にのび、彼方の弁才天吉祥寺も正月の朝の雪の中である。

雪に覆われた狭い艀の板子に二人の男、そして荷足船より艀へ移りかけたもうひとりが見えた。天一郎は空中で剣を抜き放った。

かわせみが鳴きながら川筋を飛翔した。

艀のひとりが天から襲いかかる鳥か物《もの》の怪《け》かわからぬ何かを見上げ、頬かむりの中の顔を唖然《あぜん》とさせた。

わあああ……

恐怖の悲鳴が、板子の雪を巻き上げた天一郎の体軀と衝突して途絶えた。男は艀から対岸の川縁近くまで弾き飛ばされていった。

今ひとりは、掩蓋の中へ押し入ったばかりだった。

後ろをふり向いたときには、片膝立ちの天一郎の刃が背中へ突きたっていた。

一撃で男は獣のように吠えた。両膝を折り、瞬時の間、身体を小刻みに震わせ、掩蓋の中へ前のめりにうつ伏せた。

一瞬の急襲だった。

そのとき、掩蓋から女の悲鳴が上がった。

女がお登紀だとすぐにわかった。七輪をふり廻して男がふるう長脇差を防いでいた。

お登紀が金きり声を上げ、お登紀を助けにいく間がなかった。

しかし、天一郎にはお登紀を助けにいく間がなかった。

三人目の捨蔵が、荷足船から艫の板子へ乗り移りながら上段からふり落としてきて、突きたてた刀を抜く間も、小刀を抜く間もなかった。

ただ、艫の狭い板子が捨蔵の荒々しい攻勢に間をとらせなかったため、天一郎は捨蔵の手首を掴み、長脇差の一撃をかろうじて組み止めることができた。

頬かむりの中の日に焼けた分厚い顔が歪んだ。

「どけえ、邪魔だ」

大きな目が飛び出して血走り、分厚く赤い唇の間から黄ばんだ隙間だらけの歯が見えた。天一郎より背丈は低かったが、胸板が厚く、凄まじい怪力が天一郎の身体を浮き上がらせ、押しこんだ。

天一郎の背中が網代の掩蓋に押しつけられ、網代が軋みをたてて撓《たわ》んだ。

ただの押しこみや追剝ぎでないことは明らかだった。こいつらは玄人だ。

天一郎は捨蔵の怪力を必死に堪え、言い放った。

「名を、言え」

捨蔵がせせら笑った。

「あはは、冥土《めいど》の土産に聞きてえか。亥の堀の捨蔵だ。殺しが仕事だで。おめえもここまでだで」

読売屋に亥の堀の捨蔵の名を知らない者はいない。知る者ぞ知る、闇の残虐非道の始末屋と知られていた。

「亥の堀の捨蔵か。知っているぞ。おまえは亥の堀のむじなだ。おまえの稼ぐ金は亥の堀の泥の値打ちもない」

天一郎は嘲弄《ちょうろう》を投げつけた。

くそが、と叫んだ捨蔵が天一郎の顔面へ頭突きを見舞い、顔を背けたところへ力任せにのしかかってくる。

天一郎が凭《もた》れた掩蓋ごと押し潰《つぶ》そうと図り、荒い頭突きを繰りかえし浴びせた。ところが天一郎は、捨蔵の荒い頭突きをよけなかった。逆に、捨蔵の眉間を狙って額を打ちあてた。

二人の頭蓋《ずがい》が石のように鳴った。

額が割れたのは捨蔵の方だった。血がひと筋に伝い、そういう反撃を予期していなかった捨蔵の攻めに一瞬のためらいが生じた。

その隙を逃さなかった。身体を捨蔵の懐へ入れ、長脇差を握った太い腕をわきの下に抱えこんだ。

腕を脇の下に抱えこまれ、身体をぴたりと寄せられて、捨蔵は力に任せた動きがとれなくなった。

片方の手で天一郎の喉首を摑み締め上げた。そして足を使って天一郎の身体を突き放しにかかった。

ずん、と太い大きな足が天一郎の腹を蹴った。

だが、天一郎は長い腕を廻してその足を巻きとった。

片足をとられた捨蔵は、天一郎の動きを封じるため強烈な喉輪で、顎をいっそう仰け反らせた。

かまわず、身を弓のように撓《たわ》ませ、片手に腕、片手に足をとり、「そおらっ」と、勢いよく捨蔵の分厚い体軀を抱え上げたのだった。

一旦浮き上がった捨蔵の体軀は弾みを受けて、天一郎の頭の上まで高々と持ち上げられる格好になった。

そのまま一歩二歩と舳を踏み出し、荷足船の胴船梁と艫船梁の間のさな、へ捨蔵を叩き落とした。

「ぐわあっ」

荷足船がぐらぐらとゆれ、長脇差がさなに転がった。

「いて、いてててて……」

捨蔵はか細い声を絞り出した。

顔をしかめ、苦悶し、さなに力なくのた打った。

だが、お登紀の金きり声が叫んでいた。止めを刺す間がなかった。

小刀の柄を握り鯉口をきりながら、身を転じた。

掩蓋の中へ腰をかがめ、つつ、と踏み入った。

襦袢《じゅばん》を乱した老いた女に、長脇差の男が襲いかかっていた。

間髪容れず、男の背中へ小刀を抜き打ちに浴びせた。

「あつっ」

ひと声叫んだ。身をよじり、苦痛に歪んだ顔を天一郎へひねった。その後ろから、お登紀が七輪をかざしていた。

「重吉ぃ、喰らえ」

七輪が重吉の頭でくだけた。

重吉は、声もなく目を宙に泳がせてへたばり、お登紀と天一郎の間に折れるように潰れた。

お登紀と天一郎の目が合った。

「お登紀さんか」

天一郎が呼びかけた。咄嗟に、

「閑ちゃん、後ろっ」

と、お登紀が叫んだ。

ふりかえった途端、背後に迫った捨蔵が長脇差を天一郎の胸へ突きこんだ。

「くそがあっ」

眼光が憎悪に燃えていた。

天一郎は素早く小刀を添わせ、長脇差をすり上げた。

切っ先が、ぶすり、と網代の掩蓋を空しく貫き、雪の粉がこぼれた。

捨蔵は、流れた身体を片膝立ちで踏み止めた。

そこへすかさず、天一郎の摺り上げた小刀が一閃《いっせん》をかえした。

捨蔵が首筋を掌で押さえた。

ひい……

奇妙な息をひとつ吐いた。

逃げるように脇へ飛び退《じさ》り、掩蓋をけたたましく突き破って並んだ荷足船のさなへ転がり逃げた。

首筋を押さえた指の間から血飛沫が噴いて、残りの手足をじたばたさせた。

急速に目の色が変わり出し、じたばたしていた手足が小刻みに震え始めた。

天一郎は初めに倒した男の背中に突きたった大刀を、引き抜いた。

「急所の疵が深い。捨蔵、情けだ」

捨蔵の胸に切っ先を突きつけた。

捨蔵はまぶたを震わせて天一郎を見上げ、かすれた声を絞り出した。

「おめえ、だ、誰だ」

「天一郎。読売屋天一郎だ」

と、静かに言った。

「竹ちゃん、竹ちゃん……」

お登紀が金きり声で叫んだ。

美鶴は、艫の渡し板に刺客が三人、艫にもうひとり、そして深縹の帷子の竹川が艫のひとりと刃を咬み合わせているのを認めた。

竹川の背は血に染まり、脾腹には槍先が突きたっていた。

そこにも、血痕が大きな染みを作っている。

弱った竹川は、刃を咬み合わせた相手に明らかに押されていた。

もうひとりの刺客が艫へ下り、竹川へさらに襲いかかるかまえだった。

「待てえっ」

美鶴は駆けながら叫んだ。

いっせいにふりかえった刺客らは、雪煙を巻き上げ駆けつける、すでに一刀を抜き放った剣士と、堤道から舳へ飛び移った人影を見て息を吞んだ。

たちまち肉迫した美鶴は、菅笠、廻し合羽をすでに捨て、乱れたしのぶ髷の長い黒髪が雪煙に舞い、それはこの世のものとは思えぬ妖《あや》しき変化《へんげ》に見えた。

女だ……

刺客らの一番後ろにいた黒沢現示《げんじ》という浪人が、気づいた。

「邪魔が入った。こちらは任せろ」

黒沢は叫びながら堤道へ躍り上がった。

上段へとるやいなや、美鶴が肉迫した。

高が女、と見くびった黒沢は、異様な速さに応じきれなかった。

上段から打ちこんだときは、五尺ほども飛翔してふり落とされた一閃から逃れるため、土手の雪をかぶった蘆荻へ転げ落ちるしかなかった。

飛翔した美鶴が、次のひと跳びで渡し板で身がまえた刺客に襲いかかった。

美鶴の袈裟懸けに、刺客の防御は間に合わなかった。

肩と胸を真っ二つにする激しさで斬り裂かれ、悲鳴を上げて渡し板から川縁へ吹き飛んだ。

艫へ下りかけていた刺客がふりかえった刹那、美鶴のかえす一撃が刺客の顎から顔面へ斬り上げた。刺客は枯れた倒木のように転げ落ち、船縁の蘆荻の雪を飛散させた。

二人を倒すのに、ひと呼吸の間だった。

竹川は美鶴を認め、驚いていた。

何かを言いかけたその前に、美鶴は竹川と刀を咬み合わせた刺客のうなじへ刃を添わせ、防ぐ間も与えず引き斬った。

刺客はひと声叫んで、首をすくめた。

竹川からくるりと反転し、櫓床の方へよろけ、しゅしゅしゅ、と血を噴きながら平野川へ転落した。

竹川は刀を杖にして、身体を支えた。

だが、立つことはできず、息を喘《あえ》がせた。

「竹川さん……」

美鶴は竹川の血まみれの身体を支えた。

「わたしはいい。あいつを討て」

堤に黒沢現示が上がっていた。

黒沢は艫の美鶴を睨みつけ、やるか、逃げるか、迷っているかのようだった。

その迷いが動きを鈍らせた。

美鶴は三歩で雪の堤道へ駆け上がっていた。

剣を目の高さにとってかまえ、切っ先を黒沢へ突きつけた。

堤道に雪をかぶった赤松並木が黒沢の後方へつらなって、雪道のずっと先に弁才天吉祥寺の山門や鳥居や、雪をかぶった屋根が見える。

「人斬りが、生業か」

美鶴が凜々しくも言った。

黒沢は正眼《せいがん》にかまえた。

「いかにも。元々、人斬りが侍の仕事だ」

「痴《し》れ者。その生業の煩悩《ぼんのう》から解き放ってやる」

美鶴が歩み出し、黒沢は美鶴に合わせて退き始めた。

「腕に覚えありか。手の者を全部斬られたわ」

「おまえも日の出までに死ぬ。せめて名を訊いてやる。わたしは壬生美鶴」

「よかろう。黒沢現示だ。女が、怪態《けったい》ななりをしおって。自惚《うぬぼ》れるな。相手が違うぞ。その細腕でおれを斬れるか」

美鶴の歩みが早くなった。

「小癪な」

と黒沢は言った。

「幾人も斬ってきた。おまえも同じだ。何も変わりはせん」

美鶴はもう答えなかった。

黒沢の後退が止まり、正眼を八相《はっそう》にとった。

迎え撃つ——そんなかまえだった。

美鶴の前進がいっそう早くなった。

黒沢の脳裡《のうり》に、つい先ほどの美鶴が、五尺ほどの高さまでわずかに左わきへ斜行しつつ飛翔し一閃した形が焼きついていた。

美しさと妖しさのまじり合った、まさに変化のような姿が焼きついていた。

それでくるか、と黒沢は読んだ。

二度は通用せん。その美しさ、惜しいが、おれの勝ちだ……

黒沢も八相のかまえで踏み出した。

五間あった両者の間が見る見る縮まって、三間、二間、一間半、一間をきったときだった。

「せええい」

黒沢の勝利の雄叫びが洲崎の海と平野川へ、高らかに流れた。

かわせみが雄叫びに驚いて川面を飛翔し、遠く離れたどこかで聞きつけた犬が吠えた。

それは誘いの一撃だった。

誘いであっても、八相からの打ち落としは凄まじいうなりを生じた。

黒沢の先手は空《くう》を斬った。

相手に左へ飛翔する変化が見えた気がした。

そうだ、それでいい。跳べ。読みの通りだ。

と思ったとき、黒沢の動きは止まった。

それは刹那の間に、黒沢の身に起こったことだった。

黒沢の右から片膝を沈めて鋭く突き入れられた一刀が、黒沢の胸を深々と貫いていたのだ。

美鶴は左への変化ではなく、右へとって真っ直ぐに突き入れた。

外連《けれん》も無駄もないただ質実《しつじつ》なひと筋の太刀だった。美しいほど質実な……

「違う、のか」

左への飛翔の形とは、である。

美鶴には黒沢の動きに誘いが見えた。形は自在である。そうありたい。そう生きたい。天一郎、そうだな、と美鶴は思っていた。

美鶴は何も言わず立ち上がり、貫いた剣をゆっくりと抜いた。

そのとき、黒沢の疵から血がぼっと噴きこぼれた。

白い雪に血をしたたらせ、道端の一本の赤松の根元へ倒れかかった。

黒沢は片手で胸を押さえ、美鶴の姿を捜したが、雪道にはもう誰もいなかった。

勘八の長脇差の突きは、竹川の止《とど》めにはならなかった。

竹川は身をよじりつつも、勘八へ突きかえす体勢をとった。

それを恐れた勘八は長脇差を抜き、一旦退いた。

咄嗟に、竹川が身を躍らせ掩蓋の中へ打ちかかってきた。

勘八は驚いたが、戦い続けたうえに、すでに深手を負っている老いた竹川の動きは緩慢だった。

片膝立ちの体勢で勘八は、逆襲をやすやすと受け止めた。

刃を軋らせ、竹川は激しく息を喘がせた。

「おめえほど耄碌《もうろく》は、していねえぜ。田舎に引っこんでりゃあいいものをよ」

勘八が押しかえすと、竹川は腰からくずれ、それも堪えることができなかった。

身体半分が仰むけに爐へ押し倒され、勘八が竹川にのしかかって喚いた。

「世話あ、焼かせやがって。くたばれ、爺い」

がり、と上から体重をかけて押しつけた刃と刃が鳴り、勘八の長脇差が竹川の首筋を咬んだ。

途端、勘八の背中に、脇差が突きたてられた。

勘八の首に細い腕が巻きつき、勘八の喉首を後ろへ引っ張り上げた。耳元で、

「竹ちゃん……」

と、お登紀が叫んだ。

「勘八、死ねえ」

喉がさらに締まり、身体を引き起こされた。勘八は息ができなくなった。

お登紀の細腕が喉を締めつけ、勘八は息ができなくなった。

勘八は耳元で喚くお登紀の島田を摑んだ。

お登紀を引き離そうと、荒々しくもがいた。

「婆あ、ぶっ殺す」

懸命に喚いたが、さらに脇差が深く食いこんだ。

勘八の言葉がうめき声になった。うめき声が悲鳴になった。

竹川が顔を持ち上げ、仰《の》け反《ぞ》った勘八の胸へ刀の切っ先を下から突き入れた。

途ぎれ途ぎれの喘ぎ声を上げ、勘八は身体を震わせた。

長脇差を落とし、見開いた目の生気がたちまち失せていった。

ぐったりとなった勘八を、お登紀はわきへ投げ捨てた。勘八の身体が木偶《でく》のように板子へ転がった。

勘八はかすかな喘ぎ声の中で、痙攣した。

お登紀は竹川の傍らへかがんだ。

「竹ちゃん、竹ちゃん……」

竹川を抱き上げ懸命に呼んだが、竹川の力は尽きていた。お登紀にすがる余力もなかった。

半ば見開いた目が、赤く染まり始めた新年正月の朝焼けの空へ、ぼうと向けられていた。

「お登紀、すまなかった。大丈夫か」

かすれた、かすかな声だった。

近ごろ耳が遠くなったが、お登紀には竹川の声だけはよく聞こえた。

「あっしは、かすり疵ひとつ負ってないよ。竹ちゃんが守ってくれたお陰だよ」

「そうか。よかった……」

「痛いかい? 抜いた方がいいかい」

脾腹に刺さったままの用心槍の穂先を、お登紀は抜こうとした。

「お登紀さん、わたしが抜きましょう」

天一郎が二人の傍らへかがんだ。

「あんた、閑ちゃん、水月の閑ちゃんだね」

お登紀が涙を一杯ためた目で天一郎を見上げ、懸命に言った。

「お登紀、これが、閑蔵の倅の、天一郎さんだ」

「まあ、閑ちゃんにそっくり。竹ちゃん、天一郎さんは閑ちゃんにそっくりじゃないか。竹ちゃんと閑ちゃんがそろって、昔に戻ったみたいな、気がするよ」

竹川がわずかに微笑んだかに見えた。

そこへ、美鶴が艫へ下りてきた。

しのぶ髷が乱れて、豊かな黒髪が背中へ長く垂れていた。

美鶴さま、大丈夫ですか、天一郎、おまえは、と天一郎と美鶴は目配せだけを交わし、頷き合った。

「美鶴さん、約束通り、天一郎さんに伝えてくれた。れ、礼を……」

「竹川さん、よくここまで」

言いかけた美鶴は目を潤ませ、言葉につまった。

竹川はうめき声を上げた。

天一郎が穂先をゆっくりと抜いたのだった。疵から血が噴きこぼれた。

「天一郎さん、父の仇討はならなかった。すまなかった」

竹川が血だらけの掌を、天一郎へ開いた。

天一郎はその手を握り締めた。

「顔も知らない父親です。わたしに父の仇は、いません」

天一郎は答えた。

「そうか。もういく。閑蔵に、父親に、伝えることはあるか」

竹川が言った。

お登紀が声を絞って泣いていた。天一郎は考えた。それから、

「あんたの倅は、勝手気ままな読売屋になった。あんたも勝手にしやがれと、伝えてください」

と言った。

「勝手にしやがれか。それはいい。閑蔵に、相応しい。伝える、天一郎、必ず……」

朝焼けはだんだん濃くなっていた。

つぴぃぃ、つぴぃぃ……

かわせみが川縁で鳴いた。

終章　倅には倅を

一

修斎は下富坂町の丸太橋を渡った。

明日七日の七種粥《ななくさがゆ》の薺《なずな》売りが、町々を売り廻っている正月六日の午後だった。

軒の掛行灯に土弓と記した矢場《丸太屋》の、的にあたり矢の絵を描いた油障子が開いて、若衆髷に二本差しの三人連れが出てきたところだった。

その日、修斎は菅笠をかぶって袴を着け、両刀を帯びていた。

読売《末成り屋》の絵師を生業にし、木挽町に暮らし始めるようになってから、両刀を帯びることは稀にしかなかった。

若衆髷の三人は、丸太橋を渡ってくる修斎に気づいてはいなかった。

大下水端の裏通りを声高《こわだか》な談笑に夢中になり、草履をだらだらと鳴らして源覚寺《げんかくじ》の方へ歩んでいった。

高木喜一郎、小倉新十郎、相地鉄之進の、相も変わらぬ三人連れである。

源覚寺門前に「ちょいと婀娜《あだ》な」と評判の女将のいる、小料理屋を聞きつけた。正月気分のまだ抜けない三人は、親の脛《すね》を齧《かじ》る身ながら、矢場で遊んだあと大人を真似て軽く一杯やっていこうと相談がまとまったところだった。

去年暮れの中原道助の一件があって以来、三人には気の塞《ふさ》ぐことが何やかやと持ち上がって、それぞれ親の目がうるさくなっていたが、年が明け気分も改まってしまえば、中原道助の一件など早すぎた昔の他人事に思えてきた。

高木喜一郎は、年末に雁次郎などという無頼漢にひそかに頼んだ仕事が、妙な結果に終わった事情を聞いたとき、背筋が凍った。けれども、あの不気味な雁次郎を仲介した丸太屋の女将に、

「柄の悪いのがひとりや二人どうなろうと、厳しい詮索なんてありゃしませんよ。あたしがお坊っちゃん方に何をしました？　お坊っちゃん方だって何かしましたか？　何もしやしませんよ。それでいいじゃありませんか」

と、ねっとりと言われ、そうか、それでいいのだ、と気にしないことにした。

気にしないでいると、ときが通りすぎていくに従って、本当に気にならなくなるものである。

喜一郎は、案外あれで修斎もわれら旗本が本気であると気づいて畏《おそ》れ入ったのではないか、それが証拠にあれから中原家からは何も言ってこぬではないか、と自分に都合よく考え始めていた。

三人は喜一郎を前に、新十郎と鉄之進が肩を並べて続いていた。

正月も六日目になり、裏通りは案外に静かだったが、新十郎と鉄之進のやりとりは殊に賑やかだった。

二人は、今から向かう源覚寺門前町の小料理屋の女将の噂話に耽《ふけ》っていた。

とそこへ、妙に背の高い浪人風体の侍が二人を追い越した。

菅笠の浪人風体は、前の喜一郎に並びかけた。

長身の侍の背中に、元結で束ねた長い髪が垂れていた。

「あっ」

新十郎は声をもらした。あの髪は……と、見覚えがあった。

「きた」

と、隣の鉄之進も気づいたらしく、呟いた。

浪人風体は喜一郎に耳打ちするように何かを話しかけ、喜一郎の横顔が長身の浪人を睨み上げた。

が、すかさず浪人は喜一郎に身体を密着させ、長い腕を喜一郎の肩に廻した。大きな掌で肩先をぎゅっと押さえ、喜一郎を変わらぬ様子で無理やり歩かせるように見えた。

喜一郎が怯えた目を二人へ投げたが、同じく二人に向けた錦修斎の顔が、菅笠の下から、に、と笑いかけた。

二人は戸惑いながら、喜一郎と修斎が肩を寄せ合って進んでいく後ろを、逃げ出すこともできずそわそわとついていった。

先月、昌平黌より戻りの上水樋のある坂道で、喜一郎を残して逃げた負い目があって、すぐには逃げられなかった。むろん、腰の刀に物を言わす度胸はない。

常光山《じょうこうさん》源覚寺には観音《かんのん》堂と閻魔《えんま》堂がある。山門から本堂への参道は参詣人がちらほら見えたが、裏木戸のある本堂裏手へ廻れば、雑木林に囲まれ、冬雀がさえずり、あたりは静けさに包まれていた。

喜一郎が修斎に胸ぐらをとられ、葉を落とした欅《けやき》の幹に押しつけられていた。

「は、放せ、無礼者。きき、斬るぞ」

赤らんだ顔をそむけつつも唇を歪め、喜一郎は強がりを言った。

だが、長身の修斎を憎々しげに睨んで長い腕をのけようとするばかりで、腰の刀に手をかける気配はなかった。

逃げるに逃げられない新十郎と鉄之進はなす術《すべ》もなく佇んで、なりゆきをただおどおどとして見守るばかりだった。

修斎の奇態な風貌のみならず、何しろ両刀を帯びているのが不気味だった。まさか雁次郎に頼んだ企《たくら》みが露見したのではあるまいな、そうであればこれはえらい事態になるぞ、と気が気ではないこともあった。

修斎は暗い目で、喜一郎を睨んでいた。

「こ、こんなことをして、ただで、すす、すむと、思うな」

うめく喜一郎の胸ぐらを、修斎はさらに突き上げた。

やめろ、やめろ……と、新十郎と鉄之進が震え声を投げつけた。

喜一郎が顔を仰け反らせ、「くそ」とうなった。刀の柄にとうとう手をかけ、

「新十郎、鉄之進、抜けぇ」

と、苦しそうに喚いた。

「抜くなら抜け。堂々と斬り合ってやる。三人一緒でもかまわんぞ」

修斎は、後ろの二人へ見かえり声を凄ませた。

いや、わたしはそんなつもりでは、というふうに、鉄之進が首を横にふった。

「おまえら、倅を失った親の気持ちが、わかるか」

修斎は眉間を怒りで歪め、言った。

「歳下のまだ幼く弱い者をいじめ、死にいたらしめ、自業自得だと。死んだ者が愚鈍だと。よくもそんなむごいことが言えるな。倅を失った親を愚弄《ぐろう》し、苦しめ、悲しませて、それが侍の性根か」

「し、知るか。死んだ者は生きかえらぬわ。いつまでも、ぐだぐだと、しつこい下郎だ。な、何をしてほしい。何が望みだ。何を恵んでほしい」

喜一郎が雑言をかえした。

「何をしてほしいだと。よかろう。いただく物がある」

修斎がまばたきもせず言った。

「ふん、本音を出しおったな。金か、出世の口利きか。さっさと言え」

「親が子の命を奪われたのだ。ならば、おまえもおまえの倅の命を差し出せ」

「馬鹿か。おれに倅はおらぬ。差し出そうにも、差し出せぬわ。残念だったな。ひひひ……」

と、嘲笑《あざわら》った。

「それでもおまえの倅の命をいただく。それで相子《あいこ》だ。おまえたちも差し出せ」

修斎が後ろの二人へも、言い放った。

咄嗟に新十郎が何かに気づいたらしく、蒼白になった。

「何を言っているのだ、この馬鹿は。馬鹿は一族そろって馬鹿だ。まったく、馬鹿は面倒臭いよな」

喜一郎はまだ気づいていなかった。

修斎は言いかえさず、喜一郎の腰の二刀を抜きとって投げ捨てた。

次に小刀を、ちゃ、と抜き放ったから、喜一郎は慌てた。

「あ、こいつ、殺す気か。誰か、誰かきてくれえ。ひ、人殺しだ」

胸ぐらを突き上げられ喉を圧迫されているため、大声が出せなかった。

「おまえの命はとらぬ。倅の命をとるのだ」

修斎がまた言った。

「だから倅はおらぬと……ああ？」

そこで喜一郎はやっと気づいたようだった。見る見る顔色が蒼白になった。新十郎と鉄之進は、固唾《かたず》を呑んで見守っていた。

「よせ。やめてくれ。人を、人を呼べえ」

懸命に抗《あらが》ったが、修斎の長い腕一本に敵《かな》わなかった。

足を払われ、欅の根元に尻餅をついた。

腹をしたたかに蹴られ、身体をよじって横たわったところを、大きな足で喉首を踏みつけられた。脂汗《あぶらあせ》を浮かべた顔が土で汚れた。

「あぐう……」

うめいた腹へ修斎が、今度はどすんと背中を向けて跨《また》がった。そして、片脚をぐいと天へ持ち上げ、

「じたばたするな。すぐすむ」

と言った。

喜一郎は暴れ、修斎の長い髪を引っ張ったり、背中へ取り組ろうとあがいた。

「助けてえ。やめろう。悪かった、やめてくれえ。おまえら、とめろう。とめてくれえ……」

新十郎と鉄之進は顔を見合わせ、どうする、と目を交わした。

それでも二人は刀の柄に手をかけた。だが結局は堪えきれず、悲鳴を上げて本堂の正面の方へ逃げていった。

逃げた二人を追いかけるように、喜一郎の叫び声が雑木林の中に響き渡った。

いやだぁぁぁぁ……


一刻後、築地川端の末成り屋、土蔵一階の板張りの床に天一郎、三流、和助、それに年が明けて今日初めて姿を見せた美鶴とお類が火鉢を囲い、年賀のいただき物だという美鶴とお類が携えてきた落雁《らくがん》や饅頭を、茶を飲みながらつまんでいた。

春は名のみでも、季節が変わって寒さは少しやわらいでいた。

五人の話題は、三流が実家の本多家から言われた婿入り話を、丁重に断った経緯についてだった。和助が、

「三流さん、そんないい話を断ってもったいないなあ。相手の御家人は、金貸しをしているお金持ちなんでしょう」

と、にやにやしている三流を責めた。

美鶴、お類、天一郎らが、婿入りして夫婦になるのだから金さえあればいいというものではない、とか、汐留のお佳枝さんとすでに夫婦なのだし、倅もいる、とか言いかえし、和助は譲らず、

「何を言っているのです。みなさんは甘いのですよ。今は田沼さまの前代未聞の金

融緩和の世ですよ。世の中、金廻りさえよくなれば……」

と、本気とも嘘ともつかぬ説を唱えていたときだった。

いきなり表の樫の引戸が音高く開き、修斎が急いだ様子で土間へ入ってきた。

みながいっせいに修斎へ向き、天一郎が声をかけた。

「おや、修斎、どこへ出かけていた。珍しいではないか、その扮装は」

袴姿に二刀を帯びた拵えは、あまり見慣れていなかった。

しかも菅笠の下の顔が青白く汗ばんでいた。息も荒く、よほど急いで戻ってきたものと見えた。

床へ上がった修斎は、天一郎の傍らまできて、天一郎から順に五人をぐるりと見廻した。菅笠をとろうともしなかったし、腰の刀もはずさなかった。

お類が修斎の普段とは変わった様子を、啞然と見上げていた。

「修斎、どこぞ具合が悪いのか。顔色が悪いし、汗もかいているぞ」

天一郎が訊くと、修斎は菅笠が脱げそうなほど首を横にふった。

「さわやかだ。いい気持ちだ。これほど痛快なのは、は、初めてだ」

きっぱりと言い、天一郎の傍らへ鐺《こじり》をかたんと鳴らして坐りこんだ。

「そうか。具合が悪くないならよかった。今、茶を淹れる。この落雁と饅頭は美鶴さまとお類さんの差し入れだ」

天一郎が茶の用意にかかった。

「天一郎、やったのだ。あいつらの顔を見せてやりたかった」

「修斎、おまえ何をやった」

修斎の手に少量の血が散っているのを見つけて、天一郎が言った。

「みてくれ、これを」

修斎が懐から、くしゃくしゃに丸めた手拭をとり出した。

「なんだ」

天一郎は眉をひそめた。

みなの顔つきが変わり、手拭を見守った。くしゃくしゃに丸めた手拭に、修斎は何かをくるんでいた。

手拭を解き始めると、少しずつ染まった血が見えてきた。

「いやだ、美鶴さま……」

お類が恐がって美鶴の袖をつかんだ。

最後まで開いたとき、血で汚れた手拭の中から小さな肉片が、ぽろ、という感じで出てきたのだった。

「どうだ、天一郎。これだ」

修斎は気を昂ぶらせて喚《わめ》いた。

それを見て、天一郎も三流も、和助も、美鶴も沈黙した。ただお類が、

「きゃあっ」

と、悲鳴を上げて卒倒するのを、美鶴が咄嗟に抱えた。

二

がはははは……

南小田原町の座頭・玄の市が腹を抱えて笑った。

玄の市は座頭金を営む金貸しが、生業である。

その生業の傍ら数寄心《すきごころ》が旺盛な風流人でもある玄の市は、また苦労人らしく、天一郎、修斎、三流を見こんで末成り屋を始める元手を無利息、無期限に貸し、天一郎らに様々な助言を与え、知恵を授ける、天一郎らの世渡りの師匠でもあった。

「師匠……」

と、天一郎は玄の市に言った。

「知恵を貸してください」

それでも玄の市は笑いが止まらず、「愉快、愉快」と膝を叩いて繰りかえした。

天一郎もつられ、笑いを堪えられなかった。それで二人が、
がはははは……

と、またひとしきり笑った途端、

「なんとしても、助けなければね、天一郎さん」

と、玄の市は真顔に戻って言った。

「助けます」

修斎は喜一郎に疵を負わせた正月六日の夜、南御番所の町方役人に捕縛され、本材木町の楓川端にある三四《さんし》の番屋に収監された。

高木喜一郎の一件は、新番衆の組頭から番頭へ訴えが出され、本来ならば、中原家が役目に就く表台所役の表台所頭から中原家へ、そして修斎へという手順を踏むが、正月ということもあって、町家住まいの修斎の捕縛は南町が行った。

そのため、小伝馬町《こでんまちょう》の牢屋敷への収監は、奉行用部屋の入牢《じゅろう》証文が出る奉行所御用始めの一月十七日以降になった。

それまで修斎は、身も凍る三四の番屋ですごさなければならなかったが、牢屋敷

へ収監されると、もっと厄介になることは目に見えていた。

「同朋頭《どうぼうがしら》に知り合いがおります。少々金を融通していましてね。同朋頭に間に入ってくれるように頼みましょう。同朋頭なら、高木家の支配役の新番頭に近づけるはずですから。それと、姫路酒井家の江戸家老のお嬢さま、美鶴さんとか仰る方が天一郎さんのお知り合いでしたね。酒井家はご譜代《ふだい》です。酒井家からもっと上の方へ働きかけができませんかね」

「それはもう頼んでいます。ほかに、南町の初瀬十五郎と鍋島小右衛門の方から手を廻し、町方の上層部へ働きかけ、穏便《おんびん》にすませる手だてを探っています」

「初瀬と鍋島ですか。二人とも金がかかるでしょう。大丈夫ですか」

「今のところは手持ちで間に合っていますが、今後、もっと必要になる場合があれば、師匠にお願いするかもしれません」

「そちらは任せなさい。世の中は金で誠意を示さないと信用されませんからね」

「わたしはこれから、母親の嫁ぎ先の村井家へいってきます。村井家は小普請ですが千五百石の家柄で、義父の五十左衛門《いそざえもん》は存外、高官に就く旗本に知己《ちき》が多いのです。義父にも事情を話して頼んでみます」

「それもいい。ほかにも、伝《つて》があれば……」

玄の市は唇を一文字に結んで考えた。

「和助は、今度の経緯の一部始終を江戸中の読売屋へばらまきにいっています。一軒でも二軒でもどこかの読売が風説種で売り出し、世間の同情の目が御家人の中原家に向くような風潮になれば、御公儀も無視はできなくなるでしょう」

「そうでしょう。それも手だ。ですが駆け引きは必要ですよ、天一郎さん。末成り屋はこの件で表だっては大人しくしておいた方がいい。動くのは裏だけです。戦う相手を怒らせないようにするのも、兵法のひとつです。相手との落としどころを見つけ、修斎さんが無事戻ってくる結果を第一にしなければね」

玄の市が剃髪《ていはつ》した頭をごつごつした苦労人の手で、考え深げに撫でた。

暮れの御家人・中原専助の倅・道助の死から始まり、正月六日の高木喜一郎傷害までの一件を、旗本の横暴《おうぼう》と小身ながら旗本の横暴にたち向かう御家人の潔さという対立で描いた読売が売り出され、評判になりつつあった。

殊に、旗本・高木喜一郎の傷害の《倅には倅を》という狙いが興味本位にも庶民受けし、世間では中原家の道助の叔父・修三郎のふる舞いは大いにもっともだ、という評判が大勢を占めていた。

そんな一月半ばのある日の午後、表二番町の高木家の屋敷を新番衆の組頭が、新番頭の使いで訪ねた。

組頭を迎えたのは高木家の当主・左門、そして用人の小曽根陸奥之助、そして左門の妻、すなわち喜一郎の母親であった。

母親は高木家の奥方である。奥方が表向きの御用で夫と共に応対に同席することは珍しいけれども、その日の御用が御用だけに、表向きだけではすまされぬ事情もあって、妻の同席が許されたのだった。

このたびはとんだことに相なり、ご同情を禁じ得ず……などと挨拶とあたり障りないやりとりを二、三、交わしてから、組頭はいきなりきり出した。

「高木どの、このたびの中原家との一件、これまでにいたそう。この一件はこれまでにて終わりにせよ、との新番頭の武藤《むとう》さまのお指図でござる」

「はあ？　これまで、と申されますと？」

左門、妻、用人の小曽根の三人が組頭へ不審な顔を向けた。

「だからこれまででござる。中原修三郎は嫌疑不十分で解き放ち、と相決まり申した。これにて落着、という言葉が適切かどうかはなんとも申せぬが、今後、中原家は高木家を訴えぬし、高木家も中原家に処罰を求めぬ、という意味においてのこれ

なことを許しておけるわけが、なかろう」

をこうむり、あまつさえ、武士として、男としての辱《はずかし》めを受けたのですぞ。そん

「そんな馬鹿な。そんなことは断じてできません。わが高木家は、わが嫡男が傷害

までてござる」

左門の言葉が荒くなった。妻が般若《はんにゃ》のような形相《ぎょうそう》になって、組頭を睨んでいた。

「許しておけぬのであれば、どうなさるおつもりか。頭のお指図にそむいてでも、

高木家の面目のために中原家への遺恨《いこん》を晴らされますか。高木どの、それならば中

原家も同じでござったな。道助とかいう倅が災難に遭った折り、高木家の、のみな

らず、小倉家、相地家とも対応が、かなりまずかったのではありませんかな」

「違う。それは違う。喜一郎は間違ったことはしておりません。こんな目に遭う謂《いわ》

れは倅にはない」

「高木どの、まことにそう思うておられるのか」

「おお、思っておりますとも。わたしは喜一郎を信じております。妻もそうだ」

般若顔の妻が激しく頷いた。

「去年暮れ、木挽町に住む錦修斎という町絵師が、雁次郎と手下の十五という無頼

漢に襲われた。雁次郎と十五は逆に修斎に討たれた。修斎の方が腕利きでした。町

方が調べた結果、二人に修斎を襲えと金で頼んだ者がいる。二人を仲介した富坂の矢場の女将の白状で、頼んだ者はすでにわかっておる。ある武家の倅ら三人でござる。今日のところ、三人の名は伏せておきますがな。ただ、錦修斎の本名は……」

左門の唇が、わなわなと震えた。

「当然ご存じですな。中原修三郎。つまり中原道助の叔父、すなわち、このたびの一件の喜一郎どのを疵つけた本人ですな。事の詳細が次第に明らかになるにつれ、これはまずい、ということに相なった。これ以上事を突きつめていけば、ご当家の方に疵が深くなるかもしれませんぞ。高木どの、これは武藤さまのみならず、支配役の御参政のご命令でもあるのです。これまでにせよ、と」

「し、しかしわが家は嫡男を辱められ……」

「御参政が武藤さまに言われたそうです。番方の旗本がみっともないと。事の善悪は元より、倅のしつけもできぬのか、とです。高木どの、これまでにすれば、中原修三郎襲撃の詮索もこれまでになるのだ。町奉行から御老中《ごろうじゆう》に、御老中から御参政にまでこの件は伝わっておるのですぞ」

ええ――と、左門が愕然《がくぜん》となった。

隣の妻は般若顔を伏せて、もう上げられない。後ろに従う小曽根には、ひと言も発する余地はなかった。

「高木どの、一門を継ぐのは養子縁組でもできる。幸い、高木家は御兄弟が多いではござらぬか。方法は幾らでもある。家名の方を、大事になされ。そのためには、うやむやにした方がいい場合も、ありますぞ」

と、組頭はそれから声をひそめて「老婆心《ろうばしん》ながら」と言い添えた。

同じ日の同じ午後、楓川沿いの本材木町の三四の番屋から、修斎がお咎めなしで解き放たれた。

番屋の木戸の外で天一郎、三流、和助、そして女房のお万智の四人が迎えた。

修斎はお万智が差し入れた紺羽織と、下は同じく紺に柄糸の模様が入った身綺麗な着流しだった。

「あんた……」

六尺少々の長身痩軀の修斎と並ぶと子供みたいな五尺二寸ほどのお万智が、人通りの多い本材木町の人目もはばからず、目を潤ませて修斎の胸に縋った。

修斎は背中を丸めてお万智へささやきかけ、お万智は涙をぬぐいつつ頷いた。

修斎の長い髪がほつれ、乱れていた。

修斎は天一郎らへ、ほっとした笑みを寄こした。

「天一郎、三流、和助、本当に迷惑をかけた。すまなかった」

と、頭を垂れた。お万智も一緒に腰を折った。

「当然のことをしただけだ。ともかく、よかった。これでひと安心だ」

上出来だ修斎、倅には倅をが評判ですよ、と三流と和助が愉快そうに言った。

五人は本材木町の通りを、南の京橋川の方へとった。

天一郎と修斎、その両側に和助と三流が並び、お万智がひとり後ろについた。

材木問屋の土手蔵や大小の表店が軒をつらねる表通りは、お店の手代や奉公人、両天秤の行商や荷車がいき交って、賑やかである。

「みな、だいぶ奔走《ほんそう》してくれたのだろう」

と、修斎がしみじみと言った。

「われらは大したことはない。ひとつは、美鶴さまのお陰で酒井家が幕閣《ばっかく》に口を利いてくれたことが功を奏《そう》したようだ」

「そうか。美鶴さまが酒井家にか。それはありがたい」

「それからなんと言っても、師匠の金が効いた。師匠にはあちこち、だいぶ散財をさせてしまった。金の威力はやはり大きい」

「ふうむ、師匠には顔向けができぬな」

修斎が長身の背中をさらに小さく丸めた。

「確かに師匠には、散財させたばかりではなく、だいぶ心配をかけた。われら、師匠にはしっかりおかえししなければな」

修斎がほつれた髪をかき上げながら、決まり悪げに頷いた。

「天一郎、おまえ、話し方が師匠の口ぶりと似てきたな」

三流がおかしそうに言った。

「そうか、似てきたか」

「そうだよ、似てきたよ」

「似てる、似てる……」

和助が同調した。しかし、

「高木家の方はどういう具合なのだろう」

と、修斎はまだ気にしていた。

「これまでだ。旗本の三家と中原家は、今後、中原家は三家を訴えぬし、高木家も中原家に処罰を求めぬ、ということだ。修斎も、新十郎と鉄之進の倅の方は、我慢してもうこれまでにしてやれ。喜一郎ひとりで、あとの二人も肝を潰したろう」

天一郎が笑って言った。

そうそう、倅と言えば——と、和助が嘴を入れた。

「高木家の奥方がずいぶん荒れたそうですね。倅の喜一郎ひとりの倅だけでは不公平だと。小倉新十郎と相地鉄之進の倅も、落とせと。落とさぬのならわたしが落としてやると」

天一郎が、ぷっ、と噴いた。

「またいい加減なことを」

三流が言った。

「本当ですって。奥方が般若の顔つきになって、匕首を抜いて収まりがつかなかった、なだめるのに大変だったって、お屋敷の奉公人が言っているそうですよ」

「まさか、なあ」

天一郎と修斎と三流が顔を見合わせた。

それから四人は、本材木町の土手通りに高らかな笑い声をまいた。

春がたけて上野や向島の桜が咲いて散り、土手の柳の青葉も色づき始めた春の終わりのことである。

上州は三国街道国境の三国峠に、菅笠をかぶり柳行李をくるんで背中に担いだ旅の女が差しかかった。

女は上州路からこの険しい山道をようやくのぼり、雪解《ど》けの峠を越えて越後の国へ向かっていた。女は三国山へいたる猿ケ京《さるがきょう》の関所では、関所の番士に、

「江戸で亭主が亡くなりやしたので、亭主の生国《しょうごく》の縁者に知らせるため、高田の御城下へまいる旅でございやす」

と、道中切手を差し出して言っていた。

女は永井《ながい》宿でその夜の宿をとり、翌朝の暗いうちから三国峠を目指した。そうして昼間近、峠の掛茶屋の床几《しょうぎ》にかけて、ひと息ついた。

茶を出した峠の茶屋の亭主は、菅笠をとった女が自分と同じ年配の老女だったため、少々驚いた。

「これはこれは、お疲れさまでございます。お客さんはどちらまで旅をなさいますので……」

亭主が訊ねると、女は綺麗な鉄漿を見せて微笑み、低くいささか嗄れた声で答えた。

「はい。江戸から越後の高田までの旅でございやす。高田はこの春亡くなった亭主

の生国で、あっしは初めての越後でございやす」

さようで、高田の御城下は……と亭主と女は、それから二、三言葉を交わした。

そうして亭主が茶屋の裏へ引っこむと、女は峠道を見渡し、そっと温かい茶を含んだ。

夏も近いのに、峠道は冷《ひ》やりとして、いき交う旅人の姿は少なかった。

それでも女は、口に含んだ茶を飲みこんで、ふ、と笑みをもらした。そして、

「竹ちゃん、とうとうきたよ」

と呟き、傍らにおいた行李の風呂敷包みに触れた。

行李には、春の初めに亡くなった亭主の遺骨の一部と、位牌が仕舞ってあった。

女は亭主の遺骨の一部を、亭主の生国の高田に葬ってやるつもりだった。

それから、亭主の位牌を携え、遠く果てしない旅に出るつもりだった。

「竹ちゃん、峠を越えたら越後だよ。竹ちゃんとあっしの、門出だよ」

旅の女、江戸は深川のお登紀はそう言って、上州の彼方から越後の山々へ、満ちたりた穏やかな眼差しを、投げたのだった。

光文社文庫

文庫書下ろし／長編時代小説

倅《せがれ》の了《りよう》見《けん》　読売屋《よみうりや》　天一郎《てんいちろう》㈢

著者　辻《つじ》　堂《どう》　魁《かい》

2013年12月20日　初版1刷発行
2020年12月10日　3刷発行

発行者　鈴木広和
印刷　新藤慶昌堂
製本　ナショナル製本

発行所　株式会社　光文社
〒112-8011　東京都文京区音羽1-16-6
電話　(03)5395-8149　編集部
8116　書籍販売部
8125　業務部

ISBN978-4-334-76674-0　Printed in Japan

組版　萩原印刷

光文社時代小説文庫　好評既刊

光文社時代小説文庫　好評既刊

鹿鳴の声　藤原緋沙子
さくら道　藤原緋沙子
日の名残り　藤原緋沙子
鳴き砂　藤原緋沙子
花野　藤原緋沙子
寒梅　藤原緋沙子
秋の蟬　藤原緋沙子
逃亡（上・下）新装版　松本清張
雨宿り　宮本紀子
始末屋　宮本紀子
きりきり舞い　諸田玲子
相も変わらずきりきり舞い　諸田玲子
信長様はもういない　谷津矢車
だいこん　山本一力
つばき　山本一力
御家人風来抄　天は長く　六道慧
月の牙　決定版　和久田正明
風の牙　決定版　和久田正明
火の牙　決定版　和久田正明
夜の牙　決定版　和久田正明
鬼の牙　決定版　和久田正明
炎の牙　決定版　和久田正明
氷の牙　決定版　和久田正明
紅の牙　決定版　和久田正明